中国专业作家
小说典藏文库

中国专业作家
小说典藏文库

热

山

邓海南 著

中国文史出版社

目　　录

龙 泉 剑

龙泉剑静静躺在他双掌之中。花梨木鞘淡淡施一层清漆，木纹如河波在匝住剑鞘的镂花铜皮中隐隐流动。缓缓抽剑出鞘，抽动处游出一条龙来，暗红色的，浅浅镌在剑面上，龙头朝着剑柄，离吞口一寸之遥。翻过剑身，背面浅浅地镌着一只凤，淡黄色的，和龙在同一位置上。将剑再抽出一些，剑鞘口里又滑出七颗星，剑的两面都镌有北斗七星，一面暗红，一面淡黄，和天上七星遥遥相对。把剑再抽出一些，一根剑脊，将剑面一分为二。一使劲将剑整个从鞘中拔出，剑便如同被赤条条地剥光了衣服，在阳光下光溜溜、羞答答地闪光。现在他看清了这把剑的整个形状，如一枚蒲叶，薄薄的，似乎一阵劲风吹来便会随风弯倒，握在手中却沉甸甸的。他小心翼翼伸出左手两指捏住剑尖，把剑微微扳成一个弧形。据说上好的剑可以扳成一个圆圈而不折断，弹开后依然笔直挺硬。但这剑不行，最多可以弯成一条抛物线，再扳怕要断掉。剑面也单调没有花纹，据说上好的剑上是应该有一些淬火淬出的花纹的，如果是很有规则排列的水波样纹或羽毛样纹，那就是一口名副其实的宝剑了，能削铁如泥。手中这剑，虽然很漂亮，很精致，不过是一把普普通

3

通的剑，称之为宝剑，是远远谈不上的。当他将剑送入剑鞘，却见剑把上分明刻着四个字：龙泉宝剑。

"这真是一把宝剑？"他带点儿揶揄地问，把宝字说得格外重些。

"世上其实无所谓什么宝剑不宝剑，全看剑在什么人手里。剑是通灵性的，得到了人的英气，劣剑也会变成宝剑；在不识剑的人眼中，宝剑也不过是一根废铁。"那卖剑的汉子看着他说，目光竟有点儿深不可测。

他想起小时候读《岳传》，岳飞在市上看到有人卖剑，忍不住拿过来看看，只将剑拔出一寸，便连叫好剑好剑，自知买不起，把剑放回摊上，哪知卖剑的人却叫住他说，难得有人识得此剑，这位既是知音，便把剑送与你吧。如今几百年光阴如水，沧海桑田，这世界上还有那样的宝剑那样的卖剑者和那样的得剑者吗？面前这卖剑的汉子故作高深，不过是比较高明的生意经而已。

"这剑多少钱？"

"没价，你看着给吧。"

他把身上带着的钱全都掏给了那汉子，抱着剑回家了。忍不住想试试刃口，便用菜刀和剑互击一下，菜刀的刃仍是一道笔直的细线，剑刃上却有了一个小小的凹痕。宝剑？削铁如泥？他不禁哑然失笑。反正他买剑不是为了杀人削铁，只为了督促自己早起锻炼，有一把剑挂在床头，也就提醒自己不要天天早上睡懒觉了。

于是他开始了练剑。他曾练过数年拳脚，在这个基础上没有多大困难，只在于如何将剑舞得纯熟而潇洒。他找来几本剑谱，先在家里笔笔画画按图索骥，把几个套路都默记下来后，觉得不至羞于见人了，便每天早上起来去公园练剑。起初只是像完成一个程序般做着那些动作，不过练练筋骨，活动活动腰腿而已。不想却渐渐入了佳境，只要提剑在

4

手，便觉有一种神爽之气从握剑的手流向全身，顿觉耳聪目明，脑清心静。深吸一口气再徐徐吐出，腰腿手脚都充满了一种想动的欲望，于是身体如鱼一般在空气中游起来，那剑便随着身体的腾挪闪展在四周翻飞，或轻或重或刚或柔；或徐或疾或沉或浮，全身心沉浸于舞动之中，每每将剑奋力刺出，都能体验到一种快感。而当做那个难度极大的动作——跳起先刺出一剑，然后忽然凌空转身收剑再向相反方向疾刺时——快感几乎达到了高峰。他凝神聚力腾跃出剑，身体于飘然中猛地扭腰摆腿变身收剑于腰际，当身体如飞燕状将剑似乎是缓缓其实是闪电般推出时，能明显感到全身的力量是如何集中于腰部，又从腰部送入右肩，注入右臂、手腕，从掌心和五指流入剑柄，顺着剑脊直贯剑尖。当力量被剑尖所阻无法再前进时，剑身便颤动如一条飞游的蛇，颤动中似有一条蛇信子从剑尖吐出，同时发出一声铮铮的鸣响，这一刹那，舞剑者便也进入了一种超然出世的状态。当再次感觉到大地又升上来托住双脚时，才从超然中回到常态，把剩下的动作继续做下去。悉心体味着剑在手中的感觉，撩、抹、穿、挑，手腕的每一转动，都使剑在空中划出一道转瞬即逝的美弧线。他能明显地感觉到空气是如何被剑锋划破的，当剑运得缓慢时，如轻轻地裁开一幅锦缎；剑运得迅疾时，如干脆地挥断一束丝绸，发出一声裂帛的轻响；并且能感觉到空气是如何像波浪追逐船尾一样追逐着剑身，在追逐中形成一个美丽的透明的漩涡。

他似乎和剑有缘，对剑术有着极高的悟性。并没有经名家指点，自己就能把所有喜欢的套路都舞得得心应手。练得多了，便品出了剑中三昧。各家剑法中千变万化的各种动作虽然身体的势态与形状各异，但对手中的剑来说，无非只做着两种运动，一是走直线，一是走曲线。直线为刺，是剑术中最基本然而也是最精到的动作，虽然只是简单地将剑直推向前，但上下前后左右无处不可出击，每一刺都要爆发迅疾，力贯剑尖，剑的威势尽在于此。除了刺之外的所有动作，穿、崩、抡、挂、撩、抹、劈、摆，挽花云剑，无不是在转绕身体做着大大小小长长短短圆圆扁扁的弧形运动，剑的飘逸洒脱全由这些弧线显出。直线的刚劲与曲线的柔和相间组合便成了剑术中的停顿与绵延，断与连显现出舞剑的节奏。整个一套动作中或直或曲，或连绵不绝或突然静止，流畅的圆弧中不时射出根根直线，直线又巧妙地藏入翻转的圆弧之中，这就构成了剑术的音韵与旋律。他从对剑术的悟性中发现世界上许多事情都与剑术有着相通的道理。有些东西看来纷繁复杂，其实吃透了竟非常简单，如剑的运动一样只有两种方式，直线与弧线；而有些东西看起来极其简单，只因有直与弧两种因素就可以生出无穷变化。而且他发现凡是美的事物，必定有某种内在的韵律，他在舞剑时，这种韵律就在他身体中不停地流动，从一个关节流向另一个关节，从一块肌肉流向另一块肌肉，从血肉之躯流进铁英铸成的修长身体，又流回他的神经与血管。当韵律流动时，似乎剑也有了生命，成了他的手臂的一部分。他觉得他的神经末梢可以一直抻延到剑尖，剑在运动中产生的微微弯曲与震颤的感觉，都能迅速地传递到大脑。他对剑术中的音韵已娴熟于心，可以不再循规蹈矩，能够不着痕迹地从这一个套路中舞入另一个套路里去，但他毕竟还是在演奏前人编排好的曲谱，他不满足于此，如果说艺术有会、通、精、化四境的话，几年对剑术的痴迷沉醉使他已走过了前三个境界。起初练剑，一个套路练不完就气喘吁吁大汗淋漓；渐渐气息越练越沉稳均匀，汗也越出越少，把个个套路练下来，也不过气息稍喘，内衣微湿。但每次练完，剑都是湿漉漉的，甚至顺着剑尖向下滴水。开始他感到奇怪，后来把这湿润归于空气中的潮气凝于剑上，便用一块天鹅绒布每天将剑擦拭了再收于鞘中。他知道如果有朝一日练完剑后气息不乱，微汗不出，那时他的剑术就臻于化境了。进入化境，就可以随心所欲地用这

6

三尺龙泉即兴演奏自己的旋律了。

　　终于有一天，他抽剑出鞘时有一种异样的感觉，似乎听到了一声隐隐约约的清纯音响。把剑横在眼前，迷蒙的晨雾中看不出剑有什么异样。他把剑贴在左臂后面深吸一口气做起势时，那种异样的感觉愈加强烈起来，当左手在优美的滑动中把剑交给右手，右手一握住剑柄，他就知道久已期盼的时刻到来了，右脚向前一步，便跨入了一种全新的境界，内心与外界完全协调，物与我浑然一体，此时他觉得世界上已没有了他，只有一把剑在风中翻飞舞动；又像是那把没有人在舞的剑就是他自己；忽又觉得既没有什么他也没有什么剑，只有一股无形的气在空间里流动；又觉得地上的泥土花草，四周的树木、山石、湖水，包括在树叶间鸣叫的小鸟，整个的公园都是他，都在看着金黄的银杏树林中的那片空地上有一把剑像一个精灵般在飞舞，在嘶嘶的风声中不时发出铮铮的鸣叫。他全然不知自己是在如何舞剑和做了哪些动作，只是听其自然地剑随身走身随剑动，一种轻松舒展的快感弥漫了全身心，恍如在一个极美的梦中神游。以前只有在舞到最兴奋最得意忘形时的一瞬间才会有的稍纵即逝的超然状态现在竟贯穿了整套动作，这套动作不是他过去练过的任何一路剑法，而是在心、身、剑三者处于极其默契极其空幻灵动时随心任意挥写出的诗篇和旋律。直到他觉得虎口微微一震，一声响而脆的金属碰击声将他从如梦如幻如痴如迷的境界中唤醒。

　　他是在晨光熹微中进入那种境界的，走出来时发现天已大亮。定睛一看，自己已舞到空场边上那株千年古银杏树下，护着这棵银杏树的一圈铁栏栅中的一根已被剑尖削断，举起剑来看，剑尖完好无损。他好惊讶，忽然想起那卖剑汉子高深莫测的目光，莫非这真是一把宝剑？再仔细一看，大惊失色，湿漉漉的剑身上，原来镌在离吞口处一寸的那条龙竟已不在原处，而是到了剑尖，连龙头都掉转了方向，那分明是一条会游动的活物。他怀疑自己的眼睛，用手一摸，指腹的感觉告诉他，那仍是一条镌在剑面上的龙。他把剑翻过身来，见那只凤也离了原来的位置，在剑的中部翩翩起舞，凤翅与凤尾也与先前的状态显然不同，却又分明是镌在剑面上的。再看正反两面的北斗七星也都斗转星移，他想了一下天色未明前看见的大熊星座，就像此刻剑上的七星一样斜斜地横陈着。这真奇了！他用那块天鹅绒布擦拭剑身，那水迹竟擦不去，原来剑上不知何时渗出了非常美丽的水波样花纹，极有规律地整齐排列着，隐隐发出迷人的暗光。他小心翼翼捏住剑尖把剑扳成一个环，一松手，铮的一声，剑身弹得笔直挺硬。他把手伸进胸前，皮肤滑润如丝，没有汗，这才醒悟过来，练剑时应出的汗都从这剑身上流走了。汗渍便成了剑上的水纹。一切都只能说明，这是一把通灵性的宝剑，只是自己过去不识货而已。一旦认识了宝剑，自己的剑术也已进入了化境。他捡起地上被削断的那半截铁栏栅，向空中一扔，待落下时用剑轻轻挥去，一声脆响，铁条又被裁为两段，毫不含糊的削铁如泥。查看剑刃，丝毫无损，只是上次被菜刀的刀刃碰出的凹痕仍在原处。

他大喜过望，兴奋不已。舞剑的欲望如潮水涌动，举剑又搋着舞了下去，舞得随心所欲，酣畅淋漓，直到尽了兴致才收住。再看那剑，龙凤七星又都回归了原处，水波样的花纹却不再褪去，像股溪水在剑上淙淙流淌。

回到家里，他又拿菜刀和剑锋相对碰击了一下，这次剑刃是一道笔直的细线，而菜刀却如软铁皮一样卷了口。

以后每次练剑，那龙凤都会在剑上游动飞走，七星也会转动如天上北斗。待舞剑完毕，又都归回原位。汗水照旧流过水波样花纹。再以后，因为他练剑已练到了极致，不再那么沉醉痴迷，兴趣也就渐渐淡了，高兴时早起仍然练上一阵，慵懒时便不愿早起。结婚后因娇妻贪恋暖被窝，他也养成了睡懒觉的习惯。紧接着妻子怀孕生子，他为妻妇儿子忙碌不休，早起锻炼的念头只好打消。宝剑成了挂在墙上的装饰品，一闲便闲了三年。

三年后的一天早晨，他醒来后摸摸肚皮，发现原来硬挺挺成方成块的腹肌变成了厚厚软软的一大片脂肪，忽然想到该恢复锻炼了，不然发胖的趋势将一发而不可收，而且也不该辜负那把龙泉宝剑。于是不顾妻子的反对，穿衣起床，提剑上公园。仍走到那片银杏树环抱的空地，面南立在中心。但当他做完起势，忽然觉得头脑中一片空旷，过去练得纯熟而潇洒的那些套路竟然忘得一干二净。那曾经有过的随心所欲地即兴起舞的超然境界也已一去不复返，好不容易记起一些互不连贯的动作，没舞几下已是一身大汗，剑上却再也没有半点儿潮气。举起剑来看，发现不对，那美丽的花纹水波早已干涸得不见一丝印迹，剑上却这里那里生了一些锈斑。那龙不会再游，凤不会再舞，呈北斗七星状排列的七星恐怕也不再会转动斗柄了。他不愿相信宝剑就这样失去了灵气，挥剑使劲向那围住古银杏树的铁栏栅砍去，一声沉闷的金属碰击声，他的虎口震得发麻，那铁条并没有断开，不过被碰落了几片锈皮。他像生了大病一样回到家里，想想仍不服气，又用菜刀和剑刃对着碰击了一次，菜刀这次没有卷口，剑刃上却又多了一个凹痕。

他捧着剑沉思良久，然后从破布堆中找到了那块过去拭剑用的天鹅绒布，使劲地试图擦去剑上的锈斑。

（原载《上海文学》1987 年 11 月号）

阴差阳错

叶子林和林子叶是一对孪生兄弟。他们由同一粒卵子和两条可以说没有任何区别的精子发育而成。从小吃同样的饭长大，睡同一张床长高，在同一个学校的同一个班级的同一张课桌上受同一种教育。按照同一张智力测验表的测试，智商都是一百二十五分。而且两个人对表中每一道题的回答都完全相同。所以在学校时门门功课都一样，而且每次考试都是同时交卷。至于相貌，当然也一模一样，谁脸上也不少一个点，谁脸上也不多一个痣。两个人从上到下从内到外唯一的区别是：叶子林的心脏和正常人一样在左边，而林子叶的心脏和正常人不一样，在右边。当然体内其他脏器的位置也都随心脏做了相应的调整。可是这从互为镜像的角度来看，又不能算什么区别。同学们要区分他们，只能根据喊叶子林或林子叶时，是两个人中的哪一个做出反应，可是往往喊出一个名字两个人都会抬起头来，因为他们经常被别人当成对方。这时候就只能由他们兄弟俩说，我是叶子林，于是他就是叶子林；我是林子叶，于是他就是林子叶。事实上，很难说他们谁是哥哥谁是弟弟，因为即使是父母，也难免把他们搞颠倒了。而且这两个人可以说实在没有什么差别，于是大家就干脆不去区分他们。有的同学甚至用叶子林子叶或林子叶子林这样一个共同的名字来称呼他们俩。世界上没有两片叶子是相同的吗？认识他们兄弟的人都会怀疑这句格言的正确性。既然他们俩如此相像，便也乐于形影不离地作为一个两位一体的人共同生活在这个世界上。想一样的事，说一样的话，对各种事物自然也有同样的感觉，抱着同样的态度。唯一的不便是他们其中一个想上厕所时，另一个同时也有了便感。这在外面时并没有什么麻烦，一同去上公共厕所就是了。在家里一般也没什么麻烦，两个人你先我先地谦让一番，然后一个人暂时忍耐一下，另一个尽量快地用完厕所。只是当两个人都拉肚子时（他们要么都不生病，要么就同时生同样的病，不同步生病这情况是没有的）。才会遇到一些麻烦。好在他们难得拉肚子，所以也就算不得什么麻烦。

　　但真正的麻烦终于来了，高中毕业时，他们同时开始了初恋。因为他们的思维、意识、气质、性格、机遇等等都是一样的，自然爱上的是同一位姑娘。也因为他们从内在的气质到外在的品貌都毫无二致，那姑娘自然也同时爱上了他们俩。更确切地说，姑娘是爱上了同一个人，可问题是这同一个人同时又是两个人，一个叫叶子林，一个叫林子叶。从姑娘的心意来讲，她爱叶子林的同时不能不爱林子叶；可是她必须服从社会习惯，她要爱林子叶的同时就不能爱叶子林。她如果也有一个和她一模一样的孪生姐姐或妹妹，这个问题不但很好解决而且可以说是天作之合。可问题是她没有，于是这样的问题就成了一个无法解决的难题。经过一番痛苦的抉择，姑娘收回了自己的爱情。既然不能分给两个人，那就只好一个也不给。有了这次伤心的经历，叶子林和林子叶终于认识到，他们再也不能这样合二而一地生活下去了。应该一分为二，各自去寻找只属于自己的爱情，追求不同的事业并从此开始拥有名副其实的个人生活。

于是他们放弃了同样的装束。一个西装西裤革履，另一个夹克衫牛仔裤旅游鞋；一个痴迷于围棋热，另一个沉醉于打网球；一个热衷于当京剧迷，另一个忘情于迪斯科；一个把头理成了青年式，另一个把头发烫成了弹簧卷；一个用电动剃须刀每天早晚两次扫荡嘴唇上下；另一个精心留起小胡子。渐渐地一个变得沉着，一个变得活泼；一个显得稳健，一个显得洒脱。高考填志愿时，叶子林填了理科而林子叶填了文科，结果以同样的考分分别被两所大学录取。终于裂变成了两个独立的人，结束了如双子星座般互相环绕着的生活。但两个人尽管分开了，并都在努力使自己变得和对方不一样，可是同在母腹中怀胎十月所建立起来的一种特殊联系，却总也改变不了。当叶子林生病时，林子叶也会感到不舒服；而当林子叶深夜为了写一首诗灵感大发时，远在异地的叶子林肯定会莫名其妙地失眠。如果有一个不受空间限制可以同时观察他们兄弟俩的人，他必定会发现，当叶子林无意中哼着蓝色的多瑙河的同时，林子叶正好随口唱出：春天来了……兄弟两个人都酷爱音乐，虽然分处两地，却总是在同样的时间哼唱出同样的旋律来，就像是从一个录音机里接出来的两只音箱。

他们大学毕业了，他们各自成了家。两人的妻子都很漂亮，只是一个温柔似水，一个热情如火。两兄弟的小家相隔不远。叶子林家住在南京路南边的物理研究所宿舍，林子叶家住在北京路北边的文学研究所宿舍。南京路和北京路南北直线距离只有一里路。但要从叶子林到林子叶家，或从林子叶家到叶子林家一里路却走不到，因为从物理研究所宿舍到文学研究所宿舍之间没有直路可通。必须先从南京路或北京路上向西走半里，沿着连接南京路和北京路的天津路走一里，再向东走走回半里路。或从北京路或南京路先向东走半里，再沿着纵贯北京路和南京路的上海路走一里，再向西走回半里。这四条路恰好形成一个井字，叶子林

15

的家在井字下面一横的下面，林子叶的家在井字上面一横的上面。无论从天津路走，或者从上海路走，距离都是两里路。所以从此家到彼家或从彼家到此家就有了两种选择，走天津路，或者走上海路。

前面说过，这兄弟俩都酷爱音乐。大概音乐细胞可以遗传，他们几乎是同时生下了一个男孩一个女孩后，发现这两个孩子可能在音乐上有着极高的天分，每当哭闹时，只要一打开收音机放出音乐，便会偃啼停吵，大睁着两只乌黑的眼睛出神地谛听。刚牙牙学语就能摇着小手哼出听熟了的旋律。有天分就得培养，培养音乐天才就需要钢琴。于是这两对夫妻就像现时许多年轻夫妻一样，一心要给孩子买钢琴。可是物价和钢琴的身价都在不约而同地看涨，等他们各自攒够当初可以买一架钢琴的钱，却发现只够买半架了。于是兄弟俩不约而同地想到了两家合买一架钢琴，两个孩子共用。但钢琴太抢手了，绝非想买马上就能买到。于是兄弟俩又各自出去托熟人找关系。某一天这件事情终于有了眉目，林子叶找的熟人告诉他说，某商店里此时正好有一架钢琴，这钢琴原是一对夫妇为他们的宝贝儿子订的货，不幸的是，这对夫妇正准备拿钱去提货，他们家的阳台因建筑质量太差而突然塌落，站在阳台上的儿子当场殒命。再买钢琴自然就毫无意义了。但得到这个消息的人不止一个，谁能抢先到商店里交款，谁就能拥有这架钢琴。当务之急是要快，抢在其他想买钢琴的人前面。琴是珠江牌的，很好，价钱是三千六。林子叶大为兴奋，说，太好了。我手头有一千八，我哥哥叶子林那里还有一千八，我马上到他那里拿了钱去付款。

与此同时，叶子林托的朋友也告诉他一个消息：这位朋友的舅舅是某商店的主任，手中正好有一架还没卖出的钢琴，这位当主任的舅舅答应了把这架琴卖给外甥的朋友。但问题是这位当舅舅的主任并不只有一个外甥，另一个外甥也要求舅舅把琴卖给他的朋友，本着一视同仁的态

16

度，舅舅也同时答应了他。现在关键的关键是在这场钢琴竞争中哪一个外甥的朋友能够先把钱交到他舅舅的商店里买下这架钢琴的所有权。叶子林大为高兴，说，棒极了，我家里有一千八，我弟弟林子叶手上还有一千八，我马上到他家拿了款去交钱。

如果这是从星期一到星期六中的任何一天，这件事绝不会发生我马上就要写到的这么多麻烦，他们哥儿俩只消往对方单位里打个电话，约定谁到谁家里去取钱，或兄弟俩各自带了钱一同去商店，这件事就完了。但这一天偏偏是个星期天，而且哥儿俩的家里都没有私人电话。叶子林家附近虽有传呼电话，但林子叶家住的宿舍刚盖好不久还没有安装电话可供传呼。于是这兄弟俩就只好走到对方家去。

林子叶到了叶子林的家，哥哥不在，一问，柔情似水的嫂子说，子林到你家去找你了，没想到你倒来了。林子叶说，我是来拿钱去买钢琴的，他不在，我就先拿了钱去付款，免得琴被别人买走了。哎呀，嫂子说，他带了钱到你家去了，也是为了买钢琴。林子叶说，那好，我赶快回去找他。

叶子林到了林子叶家，见弟弟不在，热情如火的弟媳说，怎么你来啦，子叶刚到你家去找你，路上没碰到？叶子林说，我来是为了买钢琴的事，得赶紧拿了钱去付款。弟媳说，他刚带了那一千八百块钱到你家去，说是再拿了你们那一千八一起去交钱，也是为了买钢琴。叶子林说，真有意思，我得赶快回去找他。

林子叶急急赶回家，一看哥哥又不在，热情如火的妻子说，怎么哥哥刚走，你就回来了，不会在他家等一等？真笨！

叶子林匆匆回到家里，一看弟弟已经回去了。柔情似水的夫人说，子叶急着回家找你，你要在他家里等一会儿就好了。

于是哥儿俩都以逸待劳，坐在家里等对方再上门来。半个小时过去了，双方都没有等到对方。

林子叶首先等不住了，他想，我在家里等他，说不定他也在家里等我，两个人这样等下去，什么时候才能碰头？不行，我还是得到他家去。正要出门，妻子说，如果你走了，哥哥又来了怎么办？林子叶想了一下说，如果哥哥来了，就让他在这儿等我，我到他家他如果不在我马上回来。

叶子林也等不住了，他想，我这样守株待兔，兔子不来怎么办？我还得去他家找他。刚走出门，又想起了一件事，回身对夫人说，如果弟弟又来了，你让他不要再走了，我到他家找不到他立刻就回来。

叶子林刚走不久，林子叶就到了。嫂子，哥哥怎么又走啦，真见了鬼了！这不是在跟我打游击吗？柔情似水的嫂子说，你别急，他说他去找不到你立刻就回来。

叶子林到了林子叶家，热情如火的弟媳说，真糟糕，你们哥儿俩怎么捉起迷藏来了，他刚走你倒又来了。不过不要紧，他找不到你马上就会回来的，他让你就在这儿等他。

这下叶子林和林子叶都犯了难，走也不是，留也不是，进退维谷。他们耐着性子在对方家又等了半个多小时，不见人来。于是林子叶想，我不能在这儿傻等了，既然妻子告诉哥哥在家等我，他肯定会等的，我赶回去，正好碰上他。而叶子林想，子叶这时候不来，说明一定在家里等我，我如果老老实实在这里等他，钢琴早被别人买走了。于是差不多同时，他们都下决心走出了对方的家门。

林子叶走到南京路上，正要按习惯向上海路走去，忽然想到，我们来回了两次都没能在路上碰到，肯定是因为我习惯走上海路，而他习惯走天津路，这次我改变一下习惯走天津路，即使他回家，我也能在路上碰到他。

叶子林走到北京路上，正要向走惯了的天津路走去，忽然也想到，为什么我们来回两次都没能在路上相遇呢？肯定是他总是走上海路，而我总是走天津路。这次我反其道而行之，不走天津路走上海路，即使他等不住了，我们也能够在路上相遇。

于是他们一个从上海路回家，一个从天津路回家，哥哥依然碰不上弟弟，弟弟仍旧没遇见哥哥。一千八百元和另一个一千八百元无法汇聚到一起。

叶子林回到家，柔情似水的夫人说，看你们哥儿俩像走马灯似的转了三趟也没碰着，累坏了吧，先休息一下，吃了午饭再说。

林子叶回到家，已经跑得又累又饿。热情如火的妻子已经把午饭摆好了。他端起来就吃，刚吃了半碗，忽然停下筷子问，你说哥哥这会儿是不是也在家里吃饭？妻子说午饭时间嘛，按理说也在吃饭。林子叶把筷子一放，那我就马上再赶到他家去，把他堵在饭桌上，说走就走。妻子说，你饭也不吃完？林子叶说，等吃完饭下午再碰不上怎么办？妻子揪下烧鸡的两只鸡腿递给他，拿着这个，边走边吃。宝贝女儿不乐意地哭了起来，那我一个腿也没有了。热情如火的妻子说，别哭别哭，爸爸是为了给你买钢琴。

叶子林刚在饭桌前坐下，也忽然想到，他吃午饭的时候总不至于出来乱跑吧，这可是个把他堵在家里的好机会，要不然下午再像这样互相找不到，这买钢琴的事可就要泡汤了。当机立断，拿了个馒头就去林子叶家。

结果兄弟俩仅仅是互相换了个地方吃午饭。午饭后，叶子林想，我们之所以一上午也没碰上头，是因为两个人想的太一样了，你想左的时候，我恰好也在想左；我想右的时间，你也正在想右。而你的右正是我的左，我的左正是你的右。想得越一样，就越是不一样。必须错开想法

19

才行。而林子叶想，吃过午饭后，他到底会在我家等我呢？还是会回家来找我呢？我必须和他想的不一样，要不然还是碰不到。

于是一个想：你在想正吗？那我就想负。

而另一个想：你选择肯定吗？那我就选择否定。

负负得正。否定之否定等于不否定。他们之间隔着一道透明的墙。

叶子林思考了一番对弟媳说，互相在寻找中总比互相在等待中遇到的机会要大些。我人先回家去，但一千八百块钱留在你这儿，如果子叶回来，即使见不到我人，也可以先拿着钱去付款。

无独有偶。在叶子林家，林子叶对嫂子说，这样吧，我人还是先回去找哥哥，但把钱放在你这儿等他。一个找，一个等，相遇的可能性就会大得多。如果我回去他又回来了还是没碰到，你就让他先拿着钱去付款，免得再耽误时间。

他们回家后，都拿到了对方的钱，可是自己的钱又偏偏留在了对方家里，真是哭笑不得。兄弟俩各自面对着半架钢琴的钱叹了一阵气以后，林子叶忽然有了个好主意，对妻子说，现在只有这样了，你从天津路去哥哥家，我从上海路去他家，这样无论他在家还是在路上再也不会碰不到了。于是他们兵分两路。

叶子林既然智商和弟弟一样，自然也不会想不出同样的好办法，对夫人说，我和他之所以碰不到，就因为从南京路到北京路有上海路和天津路这两条路可以走，而我们每次只能走一条路，每次走的偏偏又不是同一条路。如果我们俩同时到他家去找他，每人负责一条路，就不会失之交臂了。他们也分头出发了。

其结果自然是碰到了。林子叶在上海路碰到了嫂子。叶子林在天津路上遇到了弟媳。但这对问题的解决毫不起作用。因为一千八百块钱被叶子林带到了天津路上，另外的一千八百元在上海路上林子叶的口袋里。而且接下来又产生的新问题是：林子叶应该跟嫂子去哥哥家呢？还是带嫂子回自己家呢？叶子林应该带弟媳回自己家呢？还是跟弟媳去弟弟家？

这个恼人的星期天在不断地互相寻找和不断地互相找不到中终于过去了。

星期一一上班，叶子林就给弟弟打电话。一拨，占线。再一拨，又占线。他忽然想到弟弟大概也在同时给自己打电话，于是放下了话筒，果然，刚放下电话铃就响了，正是林子叶打来的。电话一通，昨天怎么也解决不了的问题便迎刃而解，才知道双方托的朋友原来是同一个舅舅的两个外甥。但等到他们拿着三千六百块钱赶到那家商店时，钢琴已被捷足先登的人买走了，也是通过那位当主任的舅舅买走的。因为那个当舅舅的主任不仅是舅舅还是叔叔，他除了这两个外甥之外另外还有一个侄子。

（原载 1987 年 11 月《小说月报》）

翡翠钻石

翡翠老太太有一颗价值连城的钻石。

　　这颗钻石约莫有大公鸡的鸡心那么大，到底有多重？从来没戥过，少说也有百十克拉吧。老太太视之为至宝，严密收藏，连家里人也轻易见不到。只有在每年老爷子的忌日，才照例郑重其事地捧出来瞻仰一翻。钻石盛在一只精致的黑丝绒首饰盒里，每次打开盒盖，都让人眼前猛地一亮，但见它安详地半卧在呈波浪形褶皱的丝绒衬底上，幽幽地闪着清亮的光。与一般钻石不同的是，这光芒并不寒冷刺目，而似乎是朦朦胧胧地带着几丝暖意，几缕脉脉的温情，这可是老爷子当年送给翡翠的爱情信物啊！

　　据老爷子说，这颗钻石一共有一百五十七个面。到底有没有这么多，谁也没数过，老太太不让随便碰它，怕弄脏了，只首饰盒捧在手里小心翼翼地观赏。不过这一百五十七个面恐怕不会有假，手稍微一抖，光点便会在不同的面上闪烁个不停。它的任何一个面都能灵巧地把光线捕捉进去，然后通过其他一面五十六个面折射出来，晶莹剔透，光彩纷呈。白天对着太阳看，那里头就像关着一颗光芒四射的小太阳；晚上凑着烛光瞄，又有一颗极小的星星在它的中心一明一暗地眨巴眼。每次瞻仰钻石，全家人都赞叹不已——对老爷子留下的这块稀世之宝，更对老爷子琢磨钻石的那份卓绝超群的手艺。

翡翠是蕴玉斋翡翠大王铁帮的女儿，却嫁给了街对面聚宝阁的后堂伙计老莫。老莫是专为聚宝阁的老板加工宝石的能工巧匠，他切削琢磨钻石的功夫是琉璃厂的一绝。

铁帮在琉璃厂地面上是财大气粗的主儿，按说珠宝翠玉都可以经营，都大有赚头，可他偏偏爱翠成癖，一门心思只和翡翠打交道，也不知道这种原产于缅甸的绿色玉石是怎么占了他的心，夺了他的魂的。对珍珠、珊瑚、玛瑙、红蓝宝石以及其他玉石之类只是顺带经营着，从不上心。他尤其看不上那种从西洋舶来却后来居上的玩意儿——钻石，铁了心认定了那"白玻璃碴子"只是用来割玻璃的，上不了古玩和首饰行的大雅之堂。"翡翠是什么？"他常对同行说，"那是用上好的碧螺春泡出来的茶，一汪绿水，浓淡皆宜，灵滑润泽，看了就让人心动！钻石那玩意儿又是什么？"他一撇嘴，"那是直接从大水缸里舀出来的白水，还点点滴滴撒得不成样子，我最看不上那玩意儿！"

他的店里从来不进钻石。

可斜对门的聚宝阁偏偏靠经营钻石发了财。这发财一半是靠掌柜的眼力见儿和生意经，还有一半也是借重了老莫的手艺。

对聚宝阁靠这种不上路的玩意儿发的财，铁帮不愿用正眼去瞧同时却又耿耿于怀。更可恼的是他的闺女，鼎鼎大名的翡翠大王的女儿，名字就叫翡翠，偏偏也喜欢上了那种白水似的玩意儿。不但如此，还喜欢上了那个在后堂里点"水"成金的魔术师——老莫。

翡翠是在翡翠堆里滚大的。那些被父亲珍宝引为知己浸透了爱意的戒面、扳指、耳坠、手镯，以及诸如此类的翡翠物件在她眼里只不过是一些发绿的半透明又不透明的石头而已。其他那些珍珠玉石也没什么稀罕之处。可是当她在对门街坊聚宝阁的柜台上看到了在自家店里从来没见到过的钻石，一下子就被这种坚硬小巧玲珑剔透的新鲜玩意儿迷住了，她觉得其他种种珠宝在钻石面前统统黯然失色！她听说聚宝阁有一个琢磨钻石的巧匠，就向掌柜的提出想去看看这钻石到底是怎么琢磨出来的。聚宝阁的掌柜一来不好驳翡翠大王千金的面子，二来反正铁帮是铁了心不会沾钻石的边，让姑娘家看看也无妨，就答应了。翡翠随掌柜的走进后院那间加工钻石的北房时，老莫正把一颗刚加工完的玉米粒大小的钻石拈在食指与拇指间对着光出神地看着。也不知道是他的神态、面容、目光还是别的什么一下子就打动了翡翠，反正从此以后她便芳心有主了。

等铁帮想起为女儿谋划婚事时，翡翠直截了当地提出，她和老莫相好，要嫁人就得嫁给他。这时候当爹的才发现，原来闺女手指上已经悄悄地戴上了一枚钻石戒指。翡翠大王气昏了头。老莫不但只是个伙计，而且还是他最瞧不上眼的聚宝阁的伙计，是吃他最看不上眼的"白水"饭的，而且是结过婚死了老婆的人，在老家还有个孩子。可是翡翠不管这些，铁了心要嫁。铁帮明白不能强逼她改心眼，女儿也有像他一样的铁脾气，硬逼非闹出人命来不可。但又咽不下这口气去，只好一刀两断，随她去嫁，从今往后再也不认这个女儿，原来为她准备好的翡翠珠宝等陪嫁，一件也不给。铁帮被女儿伤透了心；翡翠也铁了心和家里断了，死心塌地跟了老莫。

翡翠大王觉得脸上无光，再加上时局动荡，不久就连家迁去了台湾，后来又去了美国。翡翠从珠宝商的女儿变成了首饰匠的妻子，从此和铁家断了联系。

洞房花烛之夜，老莫神态庄重地捧给翡翠一个漂亮的黑丝绒首饰盒。打开盒盖，那颗硕大的钻石一下子照花了她的眼。她惊讶老莫怎么会拥有这么大的一个宝物。是偷的？老莫的人品不能干这号事；是挣的？虽说老莫成天和钻石打交道，可毕竟是个伙计，不可能挣下这份财产。

"哪来的？"翡翠问，又欣喜又害怕。

老莫神秘地笑笑，说是一个主顾私下里交给他加工的，后来主顾不巧死了，钻石便没主了。他躲着东家用晚上自己的时间悄悄地干了近一年，琢磨成了，专为送给她的。"不过有一条，"老莫按住了她的手说，"这可是咱们俩的信物，只属于你一个人，只能留在你身边，不能送人，也不要拿出去让外人瞧，无论什么时候也不能换了当钱使，一句话，这是颗无价之宝，不能沾上铜臭味！"

翡翠全答应了。她从小在富贵里长大，却不是一个爱钱的人。

翡翠和老莫过了二十年平平淡淡却恩恩爱爱的日子。她没生孩子，给老莫的儿子当后妈。后来有一天老莫病重了，临终前问翡翠："我送你的那颗大钻石呢？"

翡翠拿出来给他看。老莫美滋滋地瞧着说："这是我这辈子最得意的手艺活，是件杰作，无价之宝，专为你做的，你好好留着它！"

翡翠问："以后呢，传人不？"

"不传！"老莫说得干巴脆，"你死的时候，带走它。"

老莫又把儿子媳妇叫来嘱咐："你们要好好孝敬你妈，心尽到了，自有你们的福气！"

老莫死后，儿子媳妇待翡翠很好，当亲妈一样。不知是因为忠于父亲的遗训还是惦记着那颗钻石，也许两者兼而有之。有一段岁月家里的日子过得相当艰难，老莫留下的其他几件小钻石饰物，包括翡翠手上的戒指全都变卖了，唯独这颗大钻石安然无恙地保存了下来。

前些年铁帮的小儿子回大陆来找到了姐姐，翡翠才知道父亲已经仙逝了，不过一直活到了九十岁。弟弟告诉她，父亲晚年心肠已经不那么铁了，常常惦记起留在大陆的这个女儿。他还带回了几件东西：一副全部呈高艳绿的翠扳指；一对巧夺天工的翠麻花手镯；一只翡翠戒指，戒面如一潭绿水；还有一块成色极佳没有加工过的翠料，这几样都是铁帮生前的心爱之物，有的是卖出去后又花高价买回来收着的。翡翠大王临终吩咐了，让把这几件稀世珍品交给翡翠，把这个名叫翡翠的女儿再认回来。

都说铁家的人心铁。铁帮老爷子的铁劲儿已经化成了绕指柔，可翡翠的铁脾气还没转过弯来。亲她是认了，可父亲指定要给她的那几件翡翠东西硬是一件也不收。弟弟大为动容，道："姐，这几样可都是价值连城的宝物啊！"

翡翠却淡淡一笑："不稀罕，我有钻石呢！"

终于有一天，翡翠也病倒了，她知道自己灯快灭了。临终前，她又拿出钻石，看着那一个一个面里折出来的光，回忆她和老莫的那些甜蜜的日子。她对这颗钻石珍爱之至，从来都让它静静地斜卧在黑丝绒的褶皱里，轻易不去碰它。这最坚硬的东西竟受着最脆弱的东西一般的爱护。但这次，她情不自禁地用食指和拇指小心翼翼地拈起了它，轻轻放在了掌心里，把它捧到嘴边上吻了一下，钻石的光芒清凉甘甜地刺上了她的舌尖。她恍惚了一下，默默地冥想了一会儿，随后便陶醉地笑了。她想起老莫叫她带走它的话，但看着钻石的美丽，终于不忍。

翡翠死了。钻石留了下来。儿子媳妇自然对它珍爱有加，当作传家宝安放在丝绒盒中，并没有拿出来换钱。但家中放着这么一颗贵重之物，生怕某一天被盗走了，心中总有些战战兢兢。

忽有一天，钻石不见了。儿子媳妇大为惊慌，正要去报案，却见小孙女手里拿着那个首饰盒在玩，连忙夺过来一看，空了！急问："这里面的钻石呢？你弄到哪儿去啦！"

小孙女吓白了脸："我……吃了。"

"吃了！那得赶紧上医院啊，那么尖那么硬的一块东西，可别把肠子割破了！"

钻石要紧，孩子的小命更要紧。

在背着去医院的路上，小孙女趴在大人耳朵边悄悄地问："太奶奶的钻石怎么是甜的？"

"胡说八道，钻石怎么会甜？"

"真的是甜的，像冰糖。"

"你是怎么吃下去的？吞下肚的？没扎疼嗓子眼？"

"没吞，含在嘴里，它就化了。"

到医院透视的结果，孩子体内完全没有什么异物，看来确实是融化在她的身体里、血液中了。

"这怎么可能呢？那么大的一颗钻石，那么多年了，价值连城……就这么……化了？"媳妇怎么想心里也接受不了。

儿子倒很超然，"别老寻思啦，世上有些事儿大概就是这样，可以说价值连城，也可以说一文不名；供着是个稀罕的宝物，可孩子含在嘴里化了也就化了。不过，爹的这份手艺，娘的这份情意，可真是……"

（原载《雨花》1992 年 5 月号）

热　山

太风沟风情

那座烫人的山是在一个叫太风沟的山沟里。

贺兰山脉的北部和贺兰山脉南部的高峰峻岭悬崖深壑迥然不同，这里的山圆滑平缓，丝毫也没有峥嵘峭拔之气。这里的山光秃秃灰溜溜的，在夏天也没有多少绿色来滋润眼睛。但在亿万年以前，这里有着远比现在的山南部丰厚茂密得多的大片原始森林，地壳的变动把那些森林压在了现在这些不起眼的秃山下面，变成了厚厚的煤层，距太风沟不远的大烽矿，就是一个颇有点名气的露天煤矿。太风沟本来并没有人采煤，有一次炮团搞实弹演习，八门一三〇榴弹炮对着太风沟中的目标一阵猛轰，勘察弹着点时，竟发现被炸翻的风化山岩下露出了黑黑的煤。煤层就暴露在地面上了。师部得知这一情况，立即派出了一个排的兵力占领了这块风水宝地。于是我们这个独立二师职业众多的士兵中除了站岗的、打山洞的、种地的、烧芒硝的、看监狱的等等行当之外，又多出了一种挖煤的。军队搞生产，挖煤自己烧和挖煤卖钱都无可非议，苦就苦了这一个排挖煤的大兵。太风沟的风刮起来尘土弥漫，飞沙打在脸上好像打耳光，刮得凶时晴天天空是灰的，太阳白乎乎的还没有月亮亮。

陕西兵爱把什么东西太怎么样了叫怎么样的太。比如太好了叫好的太，风太厉害了叫厉害的太。太风沟是否是个陕西人取的名字，无从稽考。原来煤没有被炮轰出来时，风大归大可并不黑，再说也没有人住在这儿领略风的滋味。自从当兵的来挖以后，风就变成黑的了，一天活干下来一个个都成了"亚非拉"（真实真正有形容意义的只是中间一个"非"字），不仔细看认不出是张三李四，脏乎乎的工作棉袄只能穿，不能拍不能抖，一抖一拍便像炸了一颗小烟幕弹。好在当兵的一不怕苦二不怕死，脏和累当然更不在话下。一番辛苦劳累之后，用锹把开出来的煤扔上卡车，看着卡车颠颠晃晃地沿着崎岖不平的盘山路开去，倒也有一种自豪与喜悦。

这里的煤质极好，在阳光下一照闪闪发亮。冬天烤火，用铁锹铲了往小脸盆那么大的炉口里填，砖砌的炉子里像有只老虎在呜呜吼叫，橘红的火苗像一条条蛇在发白发红和半黑半红的煤块间缠绕游动，一条条头朝上，把蛇信子吐出炉口一尺高，能把炉口一寸多厚两寸宽的大铁圈烧得半透明，像个弯起来的灯管。一壶水坐上去，一会儿就只剩下个壶底，整天得不停地往里添水，还得不断地往地上泼水，要不就干燥得叫人受不了。可士兵们宁愿老添水老泼水，还是要把煤添得足足的，火烧得旺旺的，看着火的颜色、形状，听着火的也许是煤的声音，觉得是一种享受，多少能解除一点漫长冬夜的寂寞。

太风沟偏僻、蛮荒、闭塞、枯燥，没有鲜花，缺乏绿树，贫于色彩，却有一个世所罕见的去处——一座肚子里的煤在自己燃烧着的煤山。这座自然煤山和我们的采煤面隔两道山梁，距营房有二十多分钟的路，太风沟里其他山头上好歹还稀稀疏疏地长着些灌木和草，唯独这座山什么也不长。据说这座煤山从清朝就开始自己燃烧起来，又有人说从明朝末年就开始着了，究竟是什么年代开始自燃的，没有人知道。究竟还要燃多久才会熄灭，也没人知道。

这座大火炉的炉口不像火山口那样在山顶上，它在半山腰；也不是一个圆口，而是一个有六七米长，最宽处大约有两米多的裂隙。裂隙很深，其实就是一个山洞，只不过别的山洞里边是黑的，这个山洞里面是红的。靠洞口处暗红，往里是发橘色的红，两边红色的煤壁相对，只能看见红光，却并没有火苗，再深处就看不到了。洞口太热，人不能靠得太近，也不能待得太久，一会儿就烤得你受不了。好看的是下雨天和夜晚，如果下小雨，雨落到火口和火口周围发烫的石头上，飘扬起一片轻轻淡淡的烟气，朦朦胧胧，迷迷茫茫，给这座不起眼的小秃山平添了几分仙气，几分灵性，几分情调。如果下大雨，那片轻轻淡淡的烟气就变成了一股粗粗重重的水雾，刺刺啦啦地响着，从火口喷将出来，像一条龙在吐云，又像一只大鲸鱼在吹雾。近看远看都非常壮观。晚上，整个太风沟一片漆黑，但只要视线能不受遮挡地望到这里，就能看见一片红光射向夜空。如果是大风天的夜晚，那红光就像一支大红蜡烛，虽然烛苗被吹得直晃，可就是灭不了，也不流泪。

没事时，我们常去观赏它在不同天气中的不同景象。不过对我们三个人来说，更有意义的是被它烧透了的那一片"赤道大火炕"。

一种饥渴

当兵的不怕苦。再苦的日子也能顶得住。岩层剥离了，煤开出来了，还修了一条通向采煤面的汽车路，把个没人的太风沟变成了一个小小的露天矿，变成了独立二师的钱罐子。这其中的劳苦可想而知。苦是好药，能磨炼人。

可当兵的怕闷。闷得太厉害了，或者用陕西话说，闷得厉害的太了，就会闷出些毛病来。

太风沟里除了一个排四十几个白天变黑晚上变白的大活人之外，只有两样东西，风和煤。而大兵们的生活也就是挖煤、吃饭、政治学习、睡觉，周而复始。山上没有树，没有花，当然更没有如花的哪怕是不如花的女人。如果时间能拉过十几年，如今单独执勤的排定配备有大彩电，带着你的眼睛满世界观光，看球看戏看电视连续剧。但那时这一切都没有。那是一个精神上极其荒芜的时代，在太风沟里就尤其蛮荒。和精神的荒凉相媲美的是伙食的贫乏。细粮是粗粮的配角；肉是土豆、白菜和萝卜的配角，而瘦肉又永远是肥肉的配角。

于是我们精神上最大的渴望是每星期能有一本好书看（当然不是排里图书箱中《虹南作战史》之类的书），肉体上最大的渴望是每星期能痛痛快快地吃一回肉（当然也不是伙房大铁锅里的那种难吃的肥肉头）。孔夫子说闻韶乐而三个月不知肉味，看来他很懂得精神食粮的重要。虽然我们三天不吃肉就馋得不行了，可是董龙彪、金建中和我还是一致认为，如果真能经常欣赏到优美的韶乐、韶电影、韶戏、韶画、韶小说，就可以大大减轻没有肉吃的痛苦。

我们真是不幸。即没有韶乐可闻又老是过不足吃肉的瘾。有一回我下山领药时意外地得到了一张歌剧《红珊瑚》的老唱片，是赵云卿唱的《珊瑚颂》。如获至宝地带回太风沟在排里那架破手摇唱机上一放，那久违了的迷人歌声从一片杂音中飘出来时，我当时的感觉竟有点像灵魂从躯壳中脱了出来，被歌声托着在海波上悠悠地晃，身体（不仅仅是心情）愉快极了，意识又恍惚又透彻。

可是歌声戛然而止。副指导员任光义把唱针拔离了唱片，于是我的灵魂从"一树红花照碧海"的地方跌回到浑浑噩噩的太风沟里。

"这是什么京剧？咱没听过。"

"这是歌剧。"我如实回答。

"样板戏里没有歌剧嘛。"他很认真严肃地说。

"这不是样板戏。"我的心提了起来，胆也吊了起来。

他把唱片抓起来正反面看了一下，果然下了禁令："我说怎么听着不对劲，不能听！"

我视若珍宝的，董龙彪和金建中还没来得及一饱耳福的"韶乐"，就被任光义没收了。他俩知道了以后，着实痛心疾首一番，于是手摇机的转盘上又成了全排唯一的一张秦腔唱片的独家天下，这张唱片虽然勉强称得上是乐，却离"韶"相去太远，而且太折磨人的神经（陕西兵倒是听得津津有味）。作为对禁听"韶乐"的报复，我只好偷偷地把它扔进了山沟里（此举使爱听秦腔的陕西兵愤愤了许久）。

在如此荒僻寂寞的地方的如此单调枯燥的生活中，每星期一次的共产主义小聚餐便成了我、董龙彪和金建中三人聊解精神之渴与权饱口腹之欲的唯一办法。三班长董龙彪是北京人，在陕北插队以后当兵的；二班副金建中是上海人，回乡插队从老家常州入伍的；我是南京人，太风沟里居然有三个大城市人，很自然便形成了一个团伙，而我一个人住的卫生员的房间，就成了我们聚会的"裴多菲俱乐部"。每个星期六晚上或星期天（视具体情况而定），照例要去大烽矿的商店买上两个罐头和一瓶颜色青绿青绿的青梅煮酒，关起门来小小地享受一番。曹操和刘备青梅煮酒论英雄，我们没有英雄可论，青梅煮酒谝闲传。在这里嘴巴可以不加岗哨，可以绝对自由地海吹神聊，天文地理文学历史时事政治风俗民情，城市兵同是天涯沦落人的感慨和对某人的共同好恶，外加轻轻哼一些不能公开唱的"黄歌"。聚餐的一个重要内容是互相讲述一些过去读过的书,我从董龙彪那里知道到了《错箱记》和《红与黑》,知道了斯蒂文森和司汤达;从金建中那里知道了有个叫冯梦龙的人写了《三言》,知道了杜十娘怒沉百宝箱和卖油郎独占花魁;而他们从我这里知道了福尔摩斯探过的种种奇案和《七侠五义》。

董龙彪从面貌到身材都非常精干。军事动作、文体活动都是全排之冠,上单杠能来大车轮,拿着谱子马上能教歌,是个走到哪里都能引起女孩子注意的人。可是在太风沟不行,太风沟没有女孩子。金建中长得远不如董龙彪神气,但挺有特点,淡眉细眼,鼻子很高,却没有下巴。这老兄记性极好,装了一肚子唐诗宋词,能滚瓜烂熟地背下《江姐》和《刘三姐》的几乎全部歌词,最了不起的是他居然看过《红楼梦》。让他讲出来听听,他每次都故作高深:"此书只可读,不可讲;要谈,你们没看过;要讲,老虎吃天,没处下口。"但却又是时不时地露几个情节出来,让你觉得神秘得不行。

在灰蒙蒙的太风沟里,我们三人总算还拥有一片用青梅煮酒相濡以沫的小小绿洲。可经常不到月底,几个可怜的津贴费就全部穿肠而过。一个周末之夜,我们因囊中羞涩,只好在我的小屋里干坐着。金建中百无聊赖地篡改着李白的诗句:"想喝没有酒,对影成三人。"董龙彪忽然透露一个消息:下午送给养的车来过了,居然送来了一批光鸡,大概是过年的菜。我们顿时兴奋,随之又沮丧。金建中长叹一声:"可惜那些鸡了,就是凤凰经过炊事班的手也味同嚼蜡,要是能弄一只来自己做做多好!"

董龙彪道:"弄只鸡来倒不成问题,只是弄来了也没法做。"

金建中一笑:"只要你弄得来,我就能做出一道鲜掉眉毛的好菜。"

董龙彪指着正烧得呼呼作响的大炉子说:"在陕北插队时,活鸡都偷过,何况死鸡乎,咱们在炉子上烤着吃。"

金建中一摆手："何以言偷？不义之财，取之何碍，这本是我们的伙食，可你我能吃到多少？你主外交，我主内政，如何？"

我也凑热闹："你们俩如果能保证有鸡吃，我就能保证有酒喝。"

"一言为定！"

于是董龙彪提着我屋里的大水壶到伙房去打水（在太风沟喝的水都得到伙食的贮水池里去打），回来时壶里装着一只鸡。金建中洗好了三个吃剩的铁皮罐头盒，问我要了把旧手术刀，把鸡解剖成块分装进三个罐头盒里。我又提壶去伙房打水，这次真打了半壶水，顺手抓回些盐、味精和葱姜。金建中把调料往三个罐头盒中各放少许，然后装罐入壶，水壶肚子里恰好能容下三个罐头盒，盖上壶盖，把水壶放在炉口上，这样即便被别人看见也只是在烧开水。半小时后，太风沟的煤已使壶中的清蒸鸡香气扑鼻。我的薄荷酒（用酒精加糖水再加上一点薄荷脑）也已调制成功。从壶口小心翼翼拎出罐头，美餐开始。

那是我平生所吃过的味道最鲜美的一次鸡。

另一种饥渴

如果人所需要的仅仅是肉与"韶乐"，那世界就简单得多了，人世间也就不会有那么多剪不断理还乱的麻烦事。可是人身体中偏偏还有一种东西像自燃煤山一样在慢慢地默默地燃烧着。在太风沟里就燃烧得更为有力。

只穿着裤衩躺在被子上，热得睡不着时，便你一个他一个地讲些各人家乡流传或各人听说过的关于男人与女人的民间创作，讲的人津津乐道，听的人津津有味。

我唯一的一本业务书《农村医生手册》成了全排人人爱"读"的

热门书，不断地被你来借他来借，久而久之，书面的横截面上竟被翻出了一溜黑乎乎的痕印，沿着黑印把书翻开，有黑印的部分恰好是妇产科这一章，到后来，印有女性某生理器官图解的那两页纸居然不翼而飞。

我对这两张纸的失踪并没有认真对待，既然那位不知姓名的收藏家喜欢，撕了去也无妨。我只不过当个笑话讲了讲，没想到任光义却借此为由头，发动了一场讨伐资产阶级腐朽思想的政治运动，这是我没有料到的。

鲧治水和禹治水

"同志们……这个这个，最近一段时间，啊，由于我们只顾埋头挖煤，忘了抬头看路，放松了世界观的改造，这个，在全排范围内，不良倾向大泛滥。我们有的同志，思想很成问题，对政治学习不感兴趣，对学习毛主席著作不感兴趣，而，一讲起黄色故事下流话，那个兴趣大得很，这是啥问题？值得大家深思咧……有的同志把卫生员的医书借来借去，看的都是啥？大家心中有数。看还罢了，更为严重的是，有人还把书里的两张撕下藏起来了，啊，这是啥行为？医书上印着是那革命的需要，你把它偷了去是啥需要？这说明，啊，资产阶级腐朽思想对我们的腐蚀已经到了触目惊心的程度了。是可忍，孰不可忍！这件事一定要查个水落石出，希望做这件见不得人的事的同志，自己把撕下来的东西交到我这里来，做出深刻检查，我可以替他保密。散会以后，各班要认真讨论。有谁知道是谁偷偷撕了卫生员的书，要勇于检举揭发，敢于向歪风邪气做斗争，啊……"

任光义坐镇三班，主持讨论。全班在烟圈里鸦雀无声。

沉默了一会儿，任光义耐不住了，启发道："大家要端正认识，在自己灵魂深处闹革命。张万刚，你借过卫生员的医书看吧，你谈谈。"

张万刚说："我经常头疼，头疼的时候出工干活就疼得更厉害，可又不发烧。卫生员说，你规定了不发烧就不能休息不能开病号饭，我想看看书上有没有这种不发烧的头疼病，没有别的意思。"

任光义又点了一个名："马玉祥，你说说，你为啥要借卫生员的医书看，有没有啥思想原因？"

马玉祥说："我胃老疼，卫生员说是慢性胃炎，我怕是胃溃疡，想看看医书上咋说的。"

一连问了两个，都碰了软钉子，于是任光义看准了下一个目标。

"李三旦，你不识字，为啥也要借卫生员的医书看？"

可怜的文盲李三旦没词了，"我……我……"他脸涨得通红，"反正我没撕那两张纸。"

董龙彪按捺不住了："副指导员，你这是讨论还是审问？"

气氛顿时紧张起来，青海老兵严长寿见情况不妙，连忙抢着发言。

"副指导员哪，喏（我）来谈谈。喏也借过卫生员的书看，喏不是为了看啥病哪，喏就是为了看那两张画。"

任光义大感兴趣："对，老同志要带头亮活思想嘛，严长寿，你都是结过婚的人了，为啥还把那两张画当个宝贝看？"

严长寿笑眯眯地说："喏想看看书上画的咪（女）人的那东西和喏老婆身上长得像不像哪。"

全班怔了有两三秒钟，忽然一下子抑制不住地大笑起来，开始还捂着嘴，看到班长笑出了眼泪，干脆也不加掩饰了。

任光义当然笑不出来："严长寿，你严肃点儿！"

严长寿自己居然能一点儿不笑："喏很严肃嘛，这就是喏兹（我的）活思想嘛。说实话，三年没跟老婆睡觉了，心里想得慌。你们没尝

41

过滋味的还罢了，尝过滋味的着实煎熬得受不了哇！"他还很痛苦地摇了摇头。

任光义气坏了："严长寿，你还在宣扬资产阶级腐朽思想！"

严长寿依然一本正经："喏们兹三代贫农哪，不知道资产阶级脑瓜子里装的是啥思想。不过喏要检讨，喏革命意志不坚定哪，下回就是干球打得胯骨响，喏也咬紧牙关不说啥了。不过医书上的两张纸喏没有撕呀，画得一点儿也不像，喏要它干球用哪！"

任光义坐不下去了，站起来嘴唇直抖："董龙彪，你……你个班长把兵都带成啥咧！"把门一摔出去了。董龙彪却一点儿火气也没有，照样稳坐在那儿一个接一个吐他的烟圈。

等到班长副班长汇报讨论情况时，任光义对自己发起的讨伐口头腐化和追查谁是偷"画"者的"运动"已完全丧失了信心，心情沉重地说："是我只顾抓生产，忽视了政治思想工作才会出现这种正不压邪的局面。"

董龙彪一脸不屑地道："政治思想工作做好了就能让小伙子不想女人？性欲是人的本性之一，是客观存在，跟资产阶级腐朽思想扯得上吗？"

任光义火了："你不要宣扬资产阶级人性论！"

董龙彪更加不屑了："你懂什么叫资产阶级人性论？不懂少扣帽子。无产阶级就不想女人？阿Q是地地道道的无产阶级，想跟吴妈睡觉还想得不行了呢！无产阶级要是都没性欲，谁去生养革命事业接班人？把世界的未来拱手让给资产阶级？"

"结婚生孩子是正当的，讲黄色故事下流话是不良倾向，这种坏风气跟你们当班长的不但不制止还助长有很大关系！"

"三大纪律八项注意第七项是什么？是不调戏妇女，不是不许谈女人！咱穷当兵的一年到头在这山沟里闲得无聊闷得心慌，你不想办法搞搞文化娱乐活动丰富业余生活，我们好不容易搞来几本书你非给没收了，好不容易找到张唱片又不让听，倒抓住谁撕了医书上两张纸大做文章，有啥意思嘛！谁偷去了就偷去了，不过是偷偷地看看过过干瘾，能干出什么坏事来嘛！想调戏妇女咱太风沟还没有呢！你这副指导员当得也太没水平了！"董龙彪只顾说得痛快，根本不去管任光义脸上挂得住挂不住。

"董龙彪，不要忘了你正在要求入党，一言一行都要注意影响！"任光义终于使出撒手锏。

董龙彪火了："你别老拿这个来压人，这个党要是你任光义的，老子就他妈的不入了！"

气氛剑拔弩张了，金建中出来打圆场。

"副指导员，董龙彪态度不太好，但话有一定的道理。你呢，出发点是好的，但是方法不对头。我们干什么事都要有个方法问题对吧？很古的时候中华大地洪水泛滥，舜派鲧去治水，舜你知道吗？就是六亿神州尽舜尧的那个舜。是古代的皇帝。舜派一个名叫鲧的人去治水，这个鲧是个好人，一心想把水治好，就是方法不对。哪儿洪水来了，他就带人到哪儿去堵，结果洪水不但堵不住，反而泛滥得更加厉害。舜看他治水越治越糟，就把他的头砍了。又派鲧的儿子禹去治水。禹你知道吗？就是三过家门而不入的那个大禹。禹比他老子鲧聪明，知道洪水来了堵是堵不住的，就采取疏导的办法，挖沟排水，把水都排到东海里去，地上就干了。结果不但没被杀头，后来还当了皇帝。三皇五帝你知道吗？禹就是第五个皇帝。你一心加强思想革命化，动机是好的，应该肯定，但用堵的方法不对，就像那个鲧。"

金建中一番话把任光义说傻了。

"那你说，我不堵该咋办？"

"要向大禹同志学习嘛。"金建中一本正经地说，"叫连里打报告把咱们挖煤挣来的钱拿去买点乐器，买乒乓球台，买好玩的东西，叫电影队多给咱来放电影，叫师宣传队来咱们太风沟慰劳演出，叫……"

金建中瞧瞧任光义那张越来越迷糊的脸接着说："其实口头腐化又不真腐化，算不上什么洪水，也没啥好导的，就像人尿憋急了要小便一样，尿了就完了么，管它干啥，只要不随地大小便就行了。当兵的都是棒小伙子，你有啥办法？"

讨伐口头腐化的汇报会不知不觉竟又开成了口头腐化的会。

米脂的婆姨米脂的汉

漫长单调寒冷的冬天终于过去了。春天给太风沟带来了意外的生机。下工后，穿着肮脏不堪的工作棉袄头发像乱草脸像亚非拉的士兵们列队走回营房。一进院子，全都被太阳照花了眼。院子当中竟站着一个身材窈窕、面容姣好的年轻女子。一件紫红上衣在四周灰蒙蒙的山灰乎乎的营房黑不溜秋的大兵中间，像一颗落在泥巴地上的红宝石。一张水色很足的鸭蛋脸白里透出些许红晕，闪动的秋水明眸定在这一群刚跨进院子的黑人们身上，她也怔了。

一朵花在看着一片看不出绿色的树林。

一堆黑煤在看着一块羊脂白玉。

很快地，双方都不好意思了。她像一只鹿逃进了招待房间；而自惭形秽的战士们解散后则迅速地跑进浴室去洗澡，洗得特别认真仔细，力图清楚地显露出黑煤而不染的本色。并且在莲蓬头下一边洗头发一边想着她一扭身跑去的姿态。那一扭身是很动人的。

洗完澡，"亚非拉"们脱去黑皮，一个个容光焕发。树林披上了绿叶，和鲜花在一个院子里就不再那么不谐调了。开饭前列队唱歌，精神抖擞极了，把一首老唱老唱已唱得疲沓得像饭前祷告歌一样的"说打就打说干就干"吼得山响："不打倒反动派不是好汉，打他个样儿叫他看一看!"金建中说大家唱的其实是："咱这些当兵的都是好汉，美丽的小娘子请你看一看!"

吃饭时，消息传开：美丽的小娘子名叫王志红，芳龄二十二，是副指导员任光义的对象。顿时有人羡慕，有人叹息。

"任光义那个熊人福气好的太，咋寻到这么好个女子?"

"人家是干部，副指导员，如今军装四个兜吃香得很。"

"干部咋啦？窝囊废穿四个兜照样还是窝囊废。你没看他敬个军礼食指中指半天找不到帽檐檐，军事动作还不如个新兵蛋子，连单杠都翻不上去。要是大比武那会儿，上不了单杠还想提干？提裤子吧。"

"他能当副指导员，我可以当团政委。"

"他能找到个漂亮对象，你也能?"

"唉，好汉无好妻，赖汉娶花枝，世上的事怪得很。"

"任光义的对象，也是米脂人喽，米脂的婆姨绥德的汉，的确名不虚传。"

有人长叹一声。"只可惜任光义不是绥德的汉，是球米脂的汉!"

虽然"米脂的汉"在太风沟已威信尽失，但米脂婆姨的到来，像给一锅寡淡的汤里加了盐，单调枯燥的生活立刻变得有滋有味起来。太风沟里发生了一场悄悄的革命，人的精神面貌焕然一新，集合迅速了，队列整齐了，立正神气，稍息潇洒，报起数来一个个中气充沛、声音洪亮。太风沟风大灰大，大家本来都舍不得把新军装拿出来穿，旧军装穿得衣领乌黑、领章暗淡也懒得一洗。自从院子里多了一个女人，像有一道无形的命令，齐刷刷全都把压得杠是杠缝是缝的新军装穿了出来，领章红似火，护领白如雪。虽然穿的时间仅限于早上从起床到吃完早饭，傍晚从洗完澡到熄灯；白天大部分时间还得穿那沾满煤灰的工作棉袄。自从上山挖煤以来，各班的内务卫生一天糟似一天，任光义多次批评，毫无效果，后来干脆也不说了，反正是挖煤的兵，又没人来检查，脏就脏点儿，乱就乱点儿吧。但王志红来了以后，大衣重又叠得方方正正，被子重又用木板夹得见棱见角，褥单不再卷不再皱，铺上不再乱放东西，高低不齐的挎包重又挂成了一条线。饭前唱歌，响彻云霄；休息打球，龙腾虎跃，都一个劲地在场上积极奔跑，高喊"传给我传给我"，接球后用自己认为最漂亮最优美的动作来个过人三步篮，管他球进不进，姿势潇洒就行。当然，这得有王志红在边上观战。更有意思的是，原来任光义反复强调生产不忘备战，但每天出大力流大汗之后，除了星期六擦拭武器，平常谁都懒得摸枪；有了王志红，失宠的枪又重新受到了重视，早饭前晚饭后，三五成群地提着枪到院子里练开了刺杀，动作一个比一个干净利索，杀声一个比一个喊得响。任光义当上副指导员后领导得从没这样得心应手过。本来不太看得起他的排长和班长们对他都尊重了起来，爱跟他捣蛋的老兵们也不捣蛋了，而任光义本人的素质也有所提高，敬礼比较像那么一回事了，处理一些事也不再那么窝囊了；在队前讲话虽然仍然没什么水平没什么名堂，却也偶尔能来上一两句不太高明的幽默，这都是因为几十个"绿"中间有了一点"红"。难怪董龙彪说现在太风沟的副指导员是王志红。

　　不过也有人照例把任光义不当回事，这个人就是二球邢万来。

　　因为刺杀练出了点儿味道，大家又把护具拖出来练开了对刺。有对抗性的刺来杀去，更能吸引王志红这个观众。任光义的军事技术在全连只能倒着数，但见王志红看得挺来情绪，便也忍不住要用干部身份来指导几句："防下，跃退，垫步刺，嘻，动作太慢了。"严长寿说："副指导员，你和喈来个示范吧。"任光义居然当仁不让。

严长寿看王志红的面子，和他跳来跳去大战几十回合，故意以一比二败下阵来。脱下护具装得很认真地道："别看副指导员动作不漂亮，对刺还有两下子。"任光义气喘吁吁却是颇为得意地向王志红一笑。如果见好就收，脱了护具也就没事了，可他偏还意犹未尽地大讲对刺要领，恰好邢万来一手拎着一桶猪食走出伙房，见状顿时来了情绪，大叫："副指导员，我来和你对一阵！"放下猪食桶就过来穿上了护具。邢万来比任光义高出大半个头，宽出大半个肩膀，任光义明知不是对手，却也只好硬着头皮应战。邢万来木枪指着任光义，眼睛却透过面罩注视王志红，冷不防竟被任光义偷刺了一枪。重新开始后，邢万来大概心不二用了，两个回合后，便居高临下大吼一声，一枪把任光义捅得坐在了地下。任光义爬起来连说没站稳没站稳。第三枪开始，任光义已完全没有招架之力，邢万来却偏偏不马上把他刺中，猫玩老鼠似的一直把他逼得无处可退，才使劲一枪捅去，把个任光义活生生捅翻在墙角里。邢万来回头看王志红时，王志红已经转身回屋了。任光义摘下面罩时脸都青了，手捂着腹部道："刚才我的胃不知怎么突然痛起来，要不你占不了这么大的便宜！"邢万来回到院子中央，得意扬扬地嚷："谁再来？"董龙彪披挂上阵，没等邢万来牛劲使出来，干净利落的两个突刺叫他败了阵。于是邢万来不再咋呼，拎着猪食桶喂猪去了。任光义的脸色多少好看了点儿，手还放在胃那儿揉着。王志红再没出来观战，但董龙彪披挂上阵时，我看见她那屋的窗帘掀了起来，邢万来败阵后窗帘放下了。

邢万来大败任光义的直接后果是当天半夜任光义一连搞了两次紧急集合，害得大家一夜没睡安稳。任光义在队前铿锵有力地讲了半天苏修亡我之心不死，挖煤不能忘了打仗，并批评了炊事班某些人集合动作缓慢，才算是把白天咽下的窝囊气给出了，多少在对象面前恢复了作为太风沟最高指挥官的形象。

小集团的新成员

王志红的到来使寂寞的太风沟不那么寂寞了。但王志红本人却是寂寞的。

任光义因为"治水"失败正处于威信危机之中，事事需要以身作则。早上带操，白天带队上山挖煤，晚上还有组织政治学习、晚点名之类的事要做，一天没有多少时间陪王志红。而且为了保持自己曾是"治水者"的形象，对王志红完全是以礼相待，丝毫看不出有什么情感方面的表示。并且非常注意影响，晚上熄灯后从没进过王志红的房间。

白天全排出工后，营房院子里除了炊事班就剩下哨兵、我，还有王志红。我在任光义威信大跌时争取到了卫生员可以不出工、在家搞业务学习的权利。连队有个不成文的传统，干部家属来队都要给战士洗被子，王志红虽然还不是家属，白天没事干，自然也拆被子洗被子。干得累了，就到卫生室来和我聊上几句。

"卫生员，炊事班那个皮黑黑、嘴唇厚厚、眼像个牛铃、说话咋咋呼呼的人叫个啥？"

"你是说邢万来，他怎么了？"

"没咋。那个人呢？就是那天拿木枪打败邢万来那个人。"

"哦，他叫董龙彪，是北京人，在你们陕北插过队。"

"卫生员你是哪里人？"

"我家在南京。"

"南京好得很吧?"

"那还用说,街两边都是法国梧桐树,夏天太阳晒不到路面上,一下雨,柏油马路光得能照见人影,哪像这破地方,山上连根毛都不长,刮起风来窗子关死了还挡不住沙子黑灰。"

"你们命咋那么好,都生在大城市里。"

"生大城市有什么用,金建中还是上海人呢,还不是一样蹲山沟。"

"你们苦几年回家,在城里安排下个工作,吃商品粮,咱就不同了。"

"你将来可以当随军家属嘛。"

王志红轻叹一声:"将来,将来谁知道咋样呢?"

"你天天洗被子,不闷得慌?"

"闷有啥办法,家里去年遭灾,今年口粮不够吃,你们副指导员写信叫我来,我就来了。"

"这儿有个挺好玩的地方,副指导员带你去玩过了没有?"

"啥地方?"

"赤道。"

"赤道?"王志红有些诧异地抬眼向我。

"你莫哄我,赤道在非洲,是地球肚子中间的一道杠,不在咱这里。"

这下轮到我有些诧异了:"你学过地理?"

王志红略微有些得意地一笑:"咋,我读完高中了么。"

"我说的不是真的赤道,是形容这儿的一座热山,我和金建中把它叫赤道,董龙彪叫它大火炕。"

我带着满含神秘感的王志红逛了一趟"赤道"。这一趟也许我不该带王志红去。星期天下午,我们在赤道大火炕聚餐,罐头和酒放在靠近

49

火口的地方热着，在等待开餐的当儿，金建中正用牌给我和董龙彪算命，恰好被王志红碰上了。

"呀，你们也在这里耍呀？"

小集团活动被外人介入一般是不愉快的，但介入者是太风沟唯一的女性，那就另当别论了。

"星期天，副指导员怎么也不陪你玩玩？"三人中我跟她最熟，只好先搭腔。

"他有事去大烽矿了。"王志红看着我们说："我发现你们三个城市人老喜欢在一块儿。"

董龙彪说："副指导员不是把我们叫小集团吗！"

王志红笑笑："啥小集团么，人总是有的近有的远，有的对脾性有的不对脾性，老乡见老乡就亲得不行，不要说你们都是大城市的人了。"

这话倒是挺对我们的脾性。金建中笑道："王副指导员就是比任副指导员有水平。"

董龙彪发出邀请："你要乐意就在这儿坐坐。"

王志红大大方方坐下来："你们打牌？"

"没，算命，算算能不能入党。"

"能入吗？"

"董龙彪这边这条老接不通，运气不佳，犯小人，看来够呛。"

"能给我算算吗？"王志红颇感兴趣。

"算了吧，人还是不知道自己的命好，知道，反倒想这想那，不知道，过什么样的日子就是什么样的命。"

"我想知道呢！"

"我从来没给女的算过，试试吧。"金建中煞有介事地把牌如此这般摆了一番，又故作高深地对牌沉思了一会儿，说："如果说拿树来比人的话，你这棵树纹理很好，但是你站的地方风水不太好；不过你要和他一起过的那个人站的地方风水不错，可是他的纹理就差些了。虽然他纹理差些，但对你的风水有所弥补，所以你这辈子的命应该说还可以。不过因为纹理好心气也就会高，而心气太高就会伤了风水。你要是能压住自己的心气，命里虽无大富大贵，还是能吃穿不愁，平平安安。要是压不住自己的心气，就难说了。"

王志红想了一会儿，"你能不能讲清楚点儿，我这命到底算好算不好？"

金建中故弄玄虚地："算命哪有说那么清楚的，都是无所谓好，无所谓不好。"

董龙彪已经提来了烤热的罐头和青梅煮酒，往四个人围坐着的石头上一放："你听他胡说八道，自己的命哪能由别人说了算。"

王志红见状连忙站起来："你们玩吧，我回了。"

董龙彪说："你刚才不坐下来了也就罢了，这会儿走，不是抹我们的面子吗？"

金建中说："你要是怕和我们小集团搞在一块儿，到副指导员面前不好交代，咱就不好意思留你了。"

王志红说："我真想参加你们'小集团'来，可惜我一是个女的，二是个农村的，三不是个当兵的。"

董龙彪说："你不是说人要对脾性嘛，只要脾性对了，管他是不是男的城市的当兵的，男女平等，城乡结合，军民团结嘛。"

王志红笑了："你们不嫌弃，那我就参加你们小集团了。"

金建中边开罐头边说："别急，参加我们小集团得有点儿见面礼才行。"

"啥见面礼？"

"我们有几本小说还没看就叫副指导员没收了，你能不能悄悄拿出来还给我们？"

董龙彪摆摆手："算了，别叫她为难。"

王志红却十分爽快："这有啥难么，我也爱看小说，我还带了本《创业史》呢，你们要看不？"

"太棒了！"我们弹罐相庆。聚餐开始，我们三个当然是老规矩，对着瓶嘴喝，为了表示对女士的尊重，董龙彪掏空了鸡蛋壳，给王志红做了个酒杯，鸡蛋不是从伙房偷的，是从大烽沟老乡那儿买的。

酒过一巡，金建中说："参加我们小集团，还要有点儿名堂才行。"

王志红问："啥名堂？"

"讲故事，说笑话，唱歌，做游戏，只要是好玩的就行。在太风沟里不想办法开开心，还不把人憋死了。"

王志红："我先看看你们都会啥名堂？"

金建中把嘴一抹："好，我先讲个断句的故事。清朝有个翰林书法很好，写了个扇面献给慈禧太后，录的是王昌龄的七绝一首：黄河远上白云间，一片孤城万仞山，羌笛何须怨杨柳，春风不度玉门关。谁知道粗心大意把个白云间的间字写丢了。老佛爷一看大怒：大胆翰林，竟敢欺我不懂唐诗，传来！翰林知道写丢了字，吓坏了，欺君之罪要掉脑袋的。不过这家伙反应挺快，对老佛爷说：这已不是王昌龄的原诗，是用他的诗改填的词。老佛爷说：既然是词，你念给我听听，念对了免你死罪。古人写字不是没有标点符号吗，那就全看怎么断句了。翰林念道：黄河远上，白云一片，孤城万仞山。羌笛何须怨，杨柳春风，不度玉门关。怎么样？还真是一首词。"

董龙彪说："我也来讲个断句的故事。有个私塾先生在一个老财家教书，老财抠门抠得厉害，跟私塾先生立下了一条字据：没有鱼肉也可，没有鸡鸭也可，青菜萝卜不可少，不得钱。私塾先生啥也没说，就答应了。到了年底，私塾先生告到官府，说老财有辱斯文。县太爷把老财传来，惊堂一拍：你为什么虐待读书人，不给人家吃荤的还不给工钱？老财说是两厢情愿，有字据为凭。县官老爷说：念给我听听。于是私塾先生就念了：没有鱼，肉也可；没有鸡，鸭也可；青菜萝卜不可，少不得钱。老财一听傻眼了，只好认罚。"

我自然不甘落后："我也有个断句的笑话。有个媒婆给一家人做媒，那家人问女方怎么样？媒婆写了九个字：脚不大，好头发，无麻子。那家人一看，不错，就同意了。迎亲那天，用轿子把新娘抬过来一看，又瘸又秃又麻。那家人气坏了，找媒婆算账，媒婆说：我不是给你们写了吗？"

王志红扑哧一笑："我知道了，那媒婆写的是：脚不大好，头发无，麻子。"

董龙彪顿时对她刮目相看："你反应挺快嘛！"

王志红不好意思了："啥嘛，这个笑话和上面讲的那两个有——"她脸红了一下，大概觉得后半句话太有点文绉绉了——"异曲同工之妙么。"

"哎，你怎么不吃东西？"董龙彪把罐头推到王志红面前。

"我不想吃东西，我想听你们说话呢。"

"我们说话有什么好听的。"

"好听着呢，你们身上有艺术细胞！"

金建中不知有意还是无意叹了一声："有艺术细胞的兵招人嫌啊，有的干部自己没本事就希望手下的兵一个个都是大傻瓜，那带起来多便当。"

"金建中，你喝你的酒吧。"董龙彪打断了他的话。

但王志红已经听出了弦外之音。

"我看得出来，你们都不太看得起他。"

她一语道破，气氛顿时变得尴尬了。

沉默了一会儿，金建中说："你不要生气，我们是觉得你有些亏了。"

董龙彪喝了一大口酒："你干吗非嫁给他不可？就因为他是干部？"

王志红低着头说："我家里收了他的四百块钱，不嫁给他，人家会说我家不仁不义。"

"就不能想个办法，把婚退了吗？"我说。

她叹了口气："世界上的事想想容易，办起来难着呢！"

大家都不说话了。默默地喝酒。

不一会儿，青梅煮酒见底了。罐头里的东西却剩下许多。自从有星期聚餐会以来，我们第一次有点不知肉味，却不是因为韶乐。

温暖舒适的大火炕，忽然变得燥热起来。

"走吧。"董龙彪说。

我们向营房走去。身后，自燃煤山默默地吐着氤氲的热气。

不成体统的狂欢节

王志红终于还是要和任光义结婚了。

在部队里办喜事，是一种相当经济的办法。任光义把婚期定在五月一日，于是五一会餐也就兼做了他的结婚喜筵。喜筵自然要比一般会餐热闹些，所以这消息还是比较让人兴奋的。

五月一号上午杀猪。要杀的是一头没骟干净的公猪。去年来太风沟时，连里把一窝半大小猪骟了让一排带上山来养，骟最后这头时，从刚割开的口子里挤出一个睾丸来。老卫生员用来骟猪的手术刀不小心割破了手，这头猪便乘机逃之夭夭，得以留下一只睾丸。长大以后，这头去势未净的家伙在圈里惹是生非，闹得满圈不宁，炊事班早就想把它收拾掉了。

春节时杀了一头猪，当时任光义吩咐邢万来杀，因为他在家里杀过猪。邢万来不知为了什么事正犯着二球病，脖子一拧："猪是我喂大的，我有感情，要杀让别人杀！"

任光义没办法，只好叫严长寿带几个人把猪杀了。杀了烫了以后，要吹鼓了气才好刮毛，邢万来有气不肯吹，严长寿中气不足吹不动。董龙彪当班长之前是司号员，说："我来吹吧。不过有个条件，得把猪肝卤了给我们班加个菜。"任光义只好同意。董龙彪皱着眉头嘴对着捅开的猪蹄子吹气的结果，是晚上我和金建中也都吃到了一块卤猪肝。

这次任光义照旧吩咐严长寿杀猪，邢万来却不乐意了，又脖子一拧："这猪是我喂大的，蛋没割干净，骚情得很，别人杀不了，要杀得我来杀！"

任光义一听有理，就由他去杀。

杀猪是一件很隆重的事，大家都到院里看热闹，王志红也在看。邢万来大显身手，嘴里振振有词："看你还敢穷骚情！"二百多斤的猪一下子就放倒了。别人帮着把猪押上了长条凳以后，他硬要一个人出风头，不让别人分享杀猪的荣誉。一撩腿骑在了正吼叫的公猪身上，左手揪住猪耳朵，右手要过杀猪刀来——刀捅进猪脖子，鲜血顿时喷溅出来。骑在猪上的邢万来这时真是神气极了，威风极了。忽然王志红叫了一声，大概是一滴猪血溅到了她的鞋面上，邢万来抬头看着王志红，眼睛就收不回来。正怔神时，胯下的公猪猛一挣扎，从长条凳上滚下来，竟把威风凛凛的杀猪英雄邢万来掀了个四脚朝天。而公猪四脚一沾地，就带着喷流的鲜血满院子狂奔起来。看热闹的四散让开，王志红吓得连连惊叫，邢万来急忙翻身跃起，恼羞成怒地追上去抓住猪尾巴，那猪竟回头来咬他的手，他抢着猪直打转，终于，猪血尽力竭，一头栽倒在地，死了。邢万来愤愤地踢着死猪："叫你他妈的穷骚情！叫你他妈的穷骚情！"

猪是死了，但接猪血的盆子翻了，猪血洒了一院子，王志红的新衣服新裤子也染上了不少红花点。任光义老大不高兴，但大喜的日子，又不便发作。

烫过了猪，割开猪蹄，用铁钎子插进去顺着皮下把猪全身都捅过了，要给猪吹气时，任光义说："董龙彪，还是你来吹吧。"董龙彪说："还是老规矩，猪肝给我们班单独做个菜。"谁知邢万来的风头还没出够："我来吹，我要颗猪心就行咧。"说着抢过猪蹄咬着就吹起来，把董龙彪气得够呛。

刮完了毛开完了膛，把猪一分为二。邢万来的刀子划到猪球那儿拐了个弯，没把它割扔掉，说："今晚先吃左半边，把你留下让你再骚情几天。"右半片猪给提到伙房里挂了起来。

左半片猪变成了晚上会餐的八大碗菜：红烧肉、扣肉、过油肉、熘肉片、炒肉丝、炸肉圆……反正是猪身上打滚，变着法儿做就是了。我们许久没有痛痛快快地吃一回肉了，虽然单调，倒也过瘾。瘦肉多了，那用一寸多厚三寸多长的肥肉片做成的扣肉就无人问津了，只有邢万来能一筷子夹起四片塞进嘴里，一咬满嘴流油。

部队会餐本来不许喝酒，因为是任光义的婚宴，一批陕北老兵因为和任光义是老乡，一定要喝酒庆贺一番，任光义也想把喜事办得红火些，就同意了。说喝酒可以，不许喝醉，但酒这个东西一喝进肚里就身不由己。开始大家还头脑清醒，一切都彬彬有礼，酒劲一上来，就控制不住了。

有位诗人说酒是："水的形状，火的性格。"酒的确是一把火，而人的情绪是干柴，是煤。来到太风沟一年多的日子里，单调、枯燥、寂寞、贫乏，被压抑着的种种冲动和不安早就在人心中结成了一团团块垒，就差一把火来点燃，痛痛快快地烧一家伙了。于是你一杯我一杯地干，半瓶酒下肚，本性大暴露，索性放纵一下，能喝的也喝，不能喝的也喝；有的没醉说醉了，有的醉了说没醉；桌上的肉越吃越少，话里的荤腥味越来越多。不知哪个促狭的老兵出了个馊主意，行酒令：杠子打老虎，老虎吃公鸡，公鸡吃虫，虫蛀杠子，杠子再打老虎，输的罚酒，还得讲个故事助兴，故事还必须和结婚有关。于是好些大通铺上的口头作品便发表到了酒席筵上。

"今天是副指导员大喜的日子，恭喜新郎新娘新婚快活。不过有的新郎官知道结婚是咋回事，有的新郎就不知道，我来讲讲痴新郎的故事……"

大家哄堂大笑。

"……我来讲个和尚打鼓……"

任光义脸上早就挂不住了："今天是五一劳动节，不要讲这样的黄色故事好不好？"

讲故事的老兵舌头直打滑："我……我们口头开荤就成了黄色，不知道今晚上副指导员是啥……啥颜色。"

"今天是大喜的日子，只有新郎官，没有啥副……副指导员，酒席面前人……人平等。"

"副指导员，你不要这么假……正经嘛，像打……打鼓的和尚，假正经没意思，咱口头……腐化归口头……腐化，挖煤一样超额完成任务，打……打起仗来一样冲……锋陷阵，你信……不信！"

二球邢万来不会讲故事，却不肯把风头全让给别人去出。他已经喝得差不多了，摇摇晃晃走回伙房，又摇摇晃晃走回来，双手端了个盘子，盘子上放着那颗他吹猪得来的猪心，红烧的，走到王志红面前："我衷心地敬祝新娘，呃"，一个饱嗝把新郎打丢了，"新婚快乐，献上一颗心，表表，呃，我的一片心！"

一片起哄声。王志红和任光义哭笑不得。

闹新房的时候，就更不成体统。一味寻开心的老兵们想出各种令人难堪的节目：要新郎新娘面对面地合坐一张小板凳，把几粒小米放进新娘的后领子里再抖擞几下，要新郎手伸进去把小米捏出来，如此等等。反正任光义已失去了副指导员的权威，再加上又被灌得半醉，只好任老兵们折腾。王志红也知道越扭扭捏捏越闹起来没个完，索性老兵们要怎么就怎么做，希望能早点过关。可是到了要"按电铃"的时候，终于忍无可忍了。

邢万来借着酒劲直着两眼正要第一个上去"按"，王志红退了一步，两手护住胸前："你敢！"

邢万来说："我咋不敢？"

王志红放下双手："你敢我就抽你嘴巴子！"

任光义在一边恨恨地盯着邢万来。

双方僵持了一会儿，大家鸦雀无声。

邢万来忽然蹲在地下，哇哇大吐起来。

老兵们一看已经没趣了，连连说邢万来醉了醉了，把他架走了。

于是闹新房草草收场。大家熄灯就寝。

我们三个人没参加闹新房，端了几盘剩菜，到我的小屋里边喝边聊到很晚，有一种若有所失之感。三人小集团加一等于四，四人小集团减一却似乎不等于三了。

那天晚上，自燃煤山是否烧得有点不太正常？

我不知道。

难言之隐

第二天早上，全排显然还没有从昨夜的狂欢中恢复过来，推迟两小时起床，起来后仍是哈欠连天，无精打采，只好追加休息半天。

严长寿倒是精神焕发，见任光义去厕所，也跟去蹲在他边上，递了支烟，挤着眼问：

"副指导员，昨晚感觉咋样？"

"什么咋样？"

"两个人费（睡）觉么，夫（舒）坦坏了吧。"

任光义正色道："你严肃点好不好？脑袋瓜里不要尽装这码事。"

"哎呀呀，你不想这码事结婚做啥么。"严长寿嬉皮笑脸，"喏们兹都是结过婚的人了，你是新郎哪，喏是老郎哪，喏们兹交流一下经验哪。"

任光义一下子火了："你那脑袋瓜子有问题，要好好整顿整顿。"

严长寿仍然嬉皮笑脸。

这一天还算是平静地过去了。

第二天起床不久，邢万来喂完猪回到伙房，一看见挂在那儿还没吃的半扇猪，当着来帮灶的王志红又发开了二球劲，扯着嗓子嚷嚷起来："猪球怎么不见啦，啊，猪球怎么不见啦！真他妈的骚情。"

王志红听不下去，走了。恰好任光义走来："邢万来，你乱喊喊啥乱喊喊，难听不难听？"

邢万来脖子一拧："上回少了两张纸就要追查，现在少了个猪球，也要追查一下。"

任光义哭笑不得:"要是少条猪腿你大喊大叫还罢了,丢了个猪球,大惊小怪,你有病咋了?"

邢万来信口说道:"怕是谁有病把猪球割去壮阳咧。"

任光义不知为何脸气得红了又白,白了又红:"邢万来,你这个兵毛病太多,要好好整顿整顿!"

我发现了一个奇怪的现象。那个狂欢之夜以后,任光义脸上的春风一天少似一天。王志红的脸色也不如结婚前好看,少了红晕,多了点憔悴。两个人都似乎结婚结出了什么心事。

更奇怪的是,任光义居然也来借我的《农村医生手册》。还书的时候,似乎有点失望,问我:"你就这么一本医书?有没有更高级一点的,更全一点的?"

"没了,你想查什么病?"

"我的胃不大好,又不像胃炎,又不像胃溃疡,想看看胃里还能有啥病?"

跟我东扯西拉了半天后,他像忽然想起来似的问我:"你说为啥妇女病专门有个妇科,男人就没有个男科呢?"

我说:"男人又不生孩子,大概没有妇女那么多毛病吧。"

他说:"大概就是。"

临走时,我看他有些欲言又止,忽然想到:"副指导员,你刚结婚,是不是需要避孕用品,我这儿有这么多,除了你没人能用得上。"

他尴尬地笑笑:"对了,我就是想要这玩意儿呢,没好意思开口。"

我说:"这有啥,又不是什么丢人的事。"

这事,在当时并没使我怎么在意。

一天,王志红拿来一包糖,是特意给我、董龙彪和金建中三个人的喜糖。"

"我想给你们买巧克力来，可是大烽矿的商店里没有。我知道你们城里人爱吃巧克力，在我们村上插队的北京知青给我吃过。"

我说："你也爱吃巧克力？"

"好吃着呢，不知是啥做的？"

"主要原料是南方的一种植物，果实叫可可，海南岛上才有。上次金建中家里寄来一些巧克力，他给副指导员吃了一块，副指导员硬说是高粱面烤煳了做的，把他气得够呛。"

王志红一笑："高粱面哪有那么香。"

我问王志红："你觉得我们这些当兵的怎么样？"

"好着呢。"她说。

"那天晚上他们喝醉了酒胡说八道，闹房闹成那样，你也不生气？"

"这有啥，在家的时候村里人说起来比这厉害多了，闹房闹得还不像话呢。"

"王志红，你说结婚……"一股好奇的冲动使我像蜗牛一样小心翼翼地伸出触角，随时准备缩回来，"……到底有没有意思？"

王志红脸红了，眼圈竟也有点红了，停了一会儿，低着头说："没啥意思，真不知道人干啥要结婚。"

我自我解嘲地道："那怎么人人都对男女间的事那么感兴趣呢。"

"咋说呢。"她轻轻叹了口气。

尴尬的沉默。我只好吃糖。糖虽是奶糖，但质量很次，像是熬煳了，甜里有种苦味。

"卫生员，"王志红有些犹犹豫豫地问，"你说人是不是吃啥补啥？"

"你问这干吗？"

王志红一下子脸了，"没啥，随便问问。"

61

"大概是吧，不过也不一定。我有个同学得了慢性肾炎，他家里给他每天早上蒸一个猪腰子吃，不放盐，吃了大概有一年多。后来肾炎还真好了。"

"那得吃多少猪腰子啊！"

她为什么突然问起这个？我着实有点奇怪，寻思了半天，突然想起前几天邢万来大喊大叫猪球叫人割去了，觉得似乎猜出了一点什么，但不敢肯定。

果然，过了些天，王志红来卫生室做棉球缠胶布时，又有点欲言又止的样子：

"卫生员……你们学医，学的东西多不多？"

"一共就学了三个月，刨去劳动和采集中草药，学了不到两个月，光学了点人体有几个系统，大脑有多少对神经，身上有多少块骨头，可怜了。"

"我看你医病医得不错么。"

"还不是边干边照书上看，书上没有的我就没办法了。"

"噢。"她不说话了。

我的心怦怦地跳着，决心把那件他和她都难以启齿的事捅开。因为我毕竟是搞医的，比普通人多一种涉及禁区的权利。

"王志红，我看你们结了婚好像不怎么愉快。"

王志红一个劲地用火柴棒卷棉球。

"是不是……"我鼓了一下勇气，"副指导员有什么不太好说的病？"

王志红的手指停住不动了，半天才说：

"就是呢。"

"这种病我是治不了，不过可以下山到师医院去看看嘛，也许能治好呢。"

"他不让别人知道，怕丢人呢。"

"你没劝他去治治?"

"我说了，他骂我骚情!"

"那我来劝他下山去治病。"

"你千万莫说，他要知道是我说出来的，就恨死我了。"

"你们这样下去也不是个事啊。"

王志红叹口气："咋样不能过呢，又不是个死人的病。过一阵子家里要割麦了，我就要回去了。"

我也只好叹口气。我已经为她嫁给任光义叹息过了，现在是双重的叹息。

王志红说："结了婚，你们都离我远了，我在这儿心里闷得慌，你们要是还去赤道大火炕玩，把我叫上，行么?"

"行，你还是我们小集团的成员嘛。"

"那件事你不要跟董龙彪他俩说。"

"我不说。"

不过，我没能信守自己的诺言。

无论什么秘密，要是不分给董龙彪和金建中一同来保守是不可能的。

我甚至还忍不住对任光义旁敲侧击地暗示了一番。

"副指导员，你的胃最近怎么样?"

"还可以，就是有时候莫名其妙地有些疼，也不知啥道理。"

"我看你结婚以后气色好像不太好。我这个卫生员水平有限，我那本书上也没有你的那种症状，你可以下山到师医院去检查检查嘛。"

"反正疼得不厉害，我看没啥大毛病。"

"你不要讳疾忌医嘛，胃病不一定就是胃的毛病，有时候阳气不足也会引起胃疼。我们卫生员训练时在贺兰山那边的阿左旗沙漠里采过一种中药，叫肉苁蓉，是壮阳的，师医院中药房里说不定还有，不知你吃了管不管用？"

大概我的暗示太明显了，他用警惕的眼光看着我，我连忙把话题扯开。

第二天，任光义照旧带队上工去了，王志红到卫生室来，说不小心跌了一跤，要点松节油抹抹。我看她胳膊和腿上青了紫了好几块，眼睛红着，显然哭过。

"王志红，你怎么啦？"

她眼泪唰地就下来了："我叫你不要跟他说，你咋还是说了？"

"我没说啊，怎么，他打你了？"我大为不安，也许根本就不该管任光义的事，可此事又不是任光义一个人的事。

王志红擦去眼泪："他一口咬定是我告诉了你他的病，昨天夜里，就拿我出气。"刚擦完眼泪又涌了出来。

"太不像话了！"我义愤填膺，"当男人没能耐，打老婆倒挺有本事，你根本就不该跟他这种人结婚！"

"结了，咋办？"

"离！"我说。

"哪儿那么容易啊！"王志红长长地哀叹着。

不知为什么，我忽然对王志红也有了一股无名火："那你就……"差点脱口而出的是"守活寡吧"，但这话实在不该从我嘴里说出来，说出来的是："……忍着吧。"

于是，只好忍。

王志红在忍。

任光义在忍。

邢万来在忍。

我们也在忍，忍耐着太风沟的荒芜，还忍耐着一部分嫉妒，因为说实话，董龙彪、金建中和我，都或多或少地喜欢上了太风沟里唯一的女性，而她却属于一个我们最看不起的男人。

"忍"这个汉字造得真是绝妙：心字头上一把刀。这把刀是插在心上的，使心的每一阵波动都从刀口向外流血？还是悬在心上的，像用一根头发丝吊在王座上方的达摩克利斯之剑，随时都可能落下来，把心刺破？

对不知情的人来说，太风沟的生活还是老样子，但对已洞穿隐秘的我，当然还有董龙彪、金建中，已经从王志红越来越淡的表情里，从邢万来二球劲十足的举止上，从任光义看王志红、看我们（有一次王志红和我们在一起玩恰好被他看到），特别是看邢万来的那种眼神中，隐隐约约嗅到了一种越来越紧张的气氛，像是劣质煤欲燃未燃时发生的味道，令人窒息！

耻 辱 柱

其实，每个人都像一座自己燃烧着的煤山。不同的是自燃煤山始终那么平静，那么优雅，那么不急不慢地燃着，既不熄灭也不冒明火。而人胸中的煤如果不开发出来给以良好的燃烧条件，郁积得深了，久了，就会变成岩浆，或者冷凝，或者爆发。

归根结底，人还是一种动物。动物有欲，人也有欲。动物不懂得压抑自己的欲，一切听其自然，如水流淌，虽然不雅，却也酿不成大祸；可人知道如何压抑自己的欲，而压抑就是囤积，囤积后的溃围，就成为洪水猛兽了。

我们的澡堂和伙房在一排，占了营房院子的一面。里面一隔为二，外间是更衣室，里间是淋浴室。淋浴室的房顶和营房的其他房顶不一样。其他的房顶都是学宁夏老乡的盖房办法，在椽子上铺一层苇帘或草帘，再在上面糊了半尺多厚的泥做屋顶。宁夏少雨，即使来上一场大雨，泥顶还没湿透，雨就停了。但淋浴间整日水汽蒸腾，泥顶显然不行，于是就在窄木条架子上钉了三层油毡，还有两块玻璃天窗，用以采光。虽然简陋，但每天都能洗个热水澡，却是太风沟里唯一值得欣慰的事。邢万来除了喂猪，还负责烧澡堂的锅炉。

每天大规模洗澡的时间是下午下工以后，其他时间谁乐意也可以进去洗个澡。王志红来到太风沟，自然也享受这份待遇，只要浴室里没人，她尽可以顶上门洗个痛快。这在她的陕北老家是无法享受的。

年轻女子进入浴室，在太风沟自然会引起年轻男子们的某些联想。想象的空间归想象者个人所有，想象的乐趣别人奈何不得。可有人偏偏不满足于想象，于是乐极生悲，惹出"冒顶"之灾来。

就寝之前，王志红进浴室洗澡；各班在读迟到了一个星期的报纸；我在卫生室里读王志红带来的那本《创业史》；任光义不知道在自己的房间里干什么，也许在为那种算不上什么的病苦恼。突然浴室里传来王志红的一声惊叫，紧接着听见吱吱嘎嘎、乒乒乓乓、轰轰隆隆一阵巨响，全营房的人都从各个房间里冲了出来，跑到浴室门口，不知里面发生了什么。没有人敢去推那扇门。大家面面相觑不知所措，任光义拍着门大喊："王志红，里面咋啦？"

只有响动，没有回答。过了片刻，浴室门打开了，王志红穿着显然是匆忙中套上的内衣内裤，头发上和身上还有肥皂泡沫，裹着外衣冲了出来，低着头一言不发地跑回了房间。

浴室的门不再是障碍了，众人一拥而入，看见的是这样一个场面：

浴室顶上的窄木条架子折断了，天窗碎了，油毛毡破了，半个屋顶塌了下来，有两根莲蓬头管子给砸弯了，房顶塌处的地上趴着一个彪形大汉，正抱着腿在那儿哼哼。在王志红洗澡时从天而降的"飞将军"，正是二球邢万来。

一切都一目了然。

任光义从来没这么威风过，虽然气得脸色铁青，却是精神抖擞地下命令：

"一机班长，今天晚上你们班给我把邢万来关到空房间里看一夜，明天再作处理！"

邢万来从来没这么窝囊过，尽管在众目睽睽下趴在地上闭着眼装死，还是被架到空房间里去关禁闭了。被拖起来时既不反抗也不吭声。

"你们看过莫泊桑的《莫兰那只公猪》没有？邢万来这二球真他妈是一头公猪！"董龙彪说。

冒顶事件把太风沟的正常秩序全搞乱了。董龙彪和金建中熄灯以后睡不着，钻到我的小屋里来聊天。

"今晚上全蔫了，像被放了血似的。邢万来膝盖跌破了皮，刚才我去给他包扎，骂他也太没出息了，他光喘粗气，一言不发。"

"洋相出大了，太风沟要有好戏看了，"金建中说，"任光义把邢万来恨透了，就愁没办法治他呢，这下可好，自投罗网。"

"鲧又要治水了。"我说。

"那还用说，抓住这个典型，不狠狠治一下才怪呢！你们看，"董龙彪指指窗外，营房里灯全熄了，只有任光义的房间还亮着，"这会儿肯定正在制订治水计划呢，明天又要听动员大报告了。"

这天夜里，任光义房间的灯一直亮到很晚。

第二天，几乎熬了一夜的任光义竟然容光焕发，全无困意。早操列队时，任光义宣布：

"今天不出工，下午开全排大会，揭发批判邢万来。上午各班准备发言材料，每班至少要有两人发言，每人至少发言十分钟，不能轻描淡写，要深挖思想根源，要充分认识加强思想革命化的伟大意义重要性！"

鲧也会吃一堑长一智，也会吸取教训、总结经验，做充分的战略部署。早饭后，任光义一个班一个班地落实重点发言，审查揭发材料和批判稿，而且吩咐炊事班中午加一个回锅肉犒军，大有不获全胜誓不收兵的架势。

如此治水，看来邢万来在劫难逃。

一切准备就绪，批判大会开始。全排列队而坐，邢万来像条丧家犬似的孤零零单坐在队列之外的小板凳上，大脑袋垂在裤裆里。

任光义的批判动员足以报上次治水失败的一箭之仇。

"同志们，昨天晚上发生的事，啊，大家都亲眼看见了。一个革命军人，堂堂中国人民解放军的战士，戴着鲜红的领章帽徽，竟然爬房顶偷看阶级姐妹洗澡，啊，这是啥行为？把澡堂房顶都爬塌了。这个房顶塌得好，它给我们敲响了警钟，同志们，要好好绷一绷思想的弦了！

"俗话说，无产阶级思想松一松，资产阶级思想就攻一攻。邢万来同志犯的这个错误，有很深刻的思想原因，身为太风沟驻军的首长，啊，我思想政治工作抓得不够，对不良倾向的斗争不够坚决，不够有力。我早就对我们太风沟讲黄色故事下流话这种歪风邪气看不惯，几个月前我就要来一次整顿，啊，结果是正不压邪，阻力重重，而且阻力还来自我们的班干部。有人说我是大惊小怪，有人说我是小题大作，有人说这种行为不是资产阶级思想作怪，而是啥人的本性。啥本性？啊，资产阶级有资产阶级的本性，咱无产阶级有无产阶级的本性！有人说偷两张纸不犯三大纪律八项注意，说想调戏个妇女太风沟还没有，说我这个副指导员当得没水平，啊，结果怎么样？太风沟没有妇女，他就去撕卫生员的医书，这个人就是邢万来！那两张纸，今天上午已经在邢万来的包袱里查到了！现在太风沟有了妇女，他就去调戏妇女了！如果再不狠狠打击这种歪风邪气，我们的部队就要变质，我们的思想就要变修，同志，我要对你大喝一声，啊，是悬崖勒马的时候了！"

任光义终于找到了一个可以扬眉吐气的机会，而且确实扬眉吐气。

邢万来却被钉在了耻辱柱上。

下来是各班的揭发批判发言。二球邢万来平常没少得罪人，任光义上午又布置了任务，更何况他这次偷看的是在太风沟人人心中都占有一席位置的王志红，激起了公愤，于是墙倒众人推，劣迹一一揭发出来。

首先公布了上午抄检邢万来私人物品的结果，抄出的"罪证"——

解剖图，就是《农村医生手册》上少了的那两张，此案终于水落石出。

批判大会开了整整一个下午。邢万来始终垂着头坐在小板凳上，眼睛直勾勾地盯着地下，一声不响，一动不动。最后当任光义问他对自己的错误有什么认识时，邢万来竟表现出阿Q"二十年后又是一条好汉"的气概，把粗脖子一拧：

"要杀要剐，随你便！"

这一天是任光义非常得意的一天。从散会后他脸上抑不住的亢奋神色看，这一天似乎比他结婚的那一天更幸福。

晚饭后大烽矿打来电话，说矿上今夜有露天电影，欢迎部队去看。任光义吹哨子紧急集合，待全排打好了背包全副武装列队完毕，他用大有进步的动作向值班班长还了礼，才欣然宣布，晚上去大烽矿看电影。

并本着惩前毖后、治病救人的态度，允许邢万来也去看。

谁知任光义也是乐极生悲，刚刚获得的威信还没有维持过夜，就因为看电影时发生了一件谁也没料到的事而土崩瓦解，并使他陷入了一个更严重的危机。

"弹射座椅"

任光义太得意了。以为这一下就把邢万来彻底治服了，并且同时也把董龙彪、金建中这些对他不屑的人敲得够呛。

大家太麻痹了。以为邢万来彻底蔫了，再也没啥蹦跶头。谁也没想到二球邢万来会做出多么二球的事来。

大概只有董龙彪注意到了邢万来反常的神态，注意到了他的那愚顽的眼里射出的与往日不同的光。

电影是《奇袭》。虽然已看过好几遍，大家还是坐在背包上看得津津有味，影片快结束时，随着一声爆炸，青川江大桥垮了，志愿军奇袭成功。任光义万没料到，自己也遭到了奇袭。

邢万来不知何时挤到了他和王志红中间，手里竟握着一颗拧开了保险盖的手榴弹，拉火环套在邢万来的另一只手上。任光义声音顿时就变了调：

"邢万来，你要干啥？"

"你不让我活，我也不叫你活咧！"

邢万来一点儿没有犹豫就拉掉了拉火环，手榴弹在他手里轻声嘶叫着。

三秒钟，只要三秒钟，这对冤家就将同归于尽。而王志红也将香消玉殒。旁边坐的人也会跟着遭殃。

任光义傻了。

王志红蒙了。

周围的人全怔了。

没有一个人响，也没有一个人动，大家的脑瓜中此时都不知道在想什么。大概都在无可奈何地等待一声爆炸。爆炸了，这折磨人的三秒钟也就结束了。被炸死的人不会再为此而恐惧，而没炸死的人也就此脱离了危险。

这起严重的政治事故将震撼全师乃至军区，成为独立二师历史上耻辱的一页。

此时此刻，如果有一位王杰或者门合式的英雄出现，在千钧一发之际，用自己的身体捂住那即将发生的爆炸，用自己的生命保卫阶级兄弟和姐妹的生命安全，这耻辱的一页就将变成光荣的一页。

而一切，也都在这三秒钟里发生了。

一个挽危局于一旦的人冲到邢万来身边，双手合力一个擒拿中的卷腕动作，就把手榴弹从邢万来手里夺了过来。

这个人是董龙彪。

手榴弹还在嘶嘶作响。往外扔？四面都是看电影的人。不扔？那就只有趴在地上用胸口压住它。

一个凡人就要死了。

一个英雄就要诞生。

咚！手榴弹爆炸了。但事情发生了戏剧性的变化。凡人没有死，英雄也没有诞生，危机的结束竟被涂上一层显然不是英雄壮举所应有的滑稽色彩。

人们看到随着爆炸声，董龙彪被完整地抛到空中约有两米高，翻了个跟头，又完整无缺地落了下。原来爆炸前一刹那，董龙彪挤开了旁边一个战士，把手榴弹塞到了背包底下，自己一屁股端坐在背包上，爆炸的气浪把他抬举到半空，抱膝翻腾一周半，掉在地上时，除了手和脸蹭破点皮，爬起来拍拍屁股，竟安然无恙。爆炸处的地面上只有一个浅浅的小坑，全部弹片都嵌进了打得结结实实的背包里。

爆炸事件谁也没有料想到地发生了，又以一种谁也料想不到的方式结束了。

空场上看电影的人群却像发生了爆炸，一片惊惶的响声如雷：

"咋啦？咋啦？啥炸啦？死人了没？"

有的人向里挤，想看个究竟；有的人向外挤，怕再发生爆炸，一下子全乱套了。

金建中急中生智，挤到放映机旁的麦克风前大叫：

"没事，没事，刚才是手榴弹不小心走火，没有人员伤亡，请大家不要挤，不要乱！"

在爆炸的中心，任光义、邢万来呆呆地站着像两根木头。

任光义脸色煞白，说不出话来，虽然毫毛未损，但魂已被炸飞了。

邢万来双眼勾直，嘴里念念有词：

"咋了，我没死？我咋了，没死？"

王志红也站着一动不动，目不转睛地看着董龙彪。

董龙彪抱着他的大救星看了一会儿，放下炸开了的背包，走过来一腿扫在邢万来后膝盖上，把邢万来扫得跪在了地上，怒气冲冲地骂道：

"你个二球也知道怕死？你活得不耐烦了别人还没活够呢！你要有种，再给你颗手榴弹你一个人到一边死去，带上副指导员垫背也行，谁再拦你谁是王八蛋！"

邢万来的二球劲消失得无影无踪，跪在地上并不站起来，嘴里喃喃道：

"刚才死了就算了，没死我也不想死咧。"

董龙彪又转向任光义："你还怔着干吗？还不把队伍带回去！"

"对对，把队伍带回去。"任光义如梦初醒，手不知是有意识还是下意识地又捂在了胃上，"我胃又疼了，你来带队吧。"

的确，在经历了刚才这一幕之后，只有董龙彪才有足够的资格和足够的权威下达命令。而任光义的地位则完全从太风沟的最高指挥官下降到了一个只有挨训的份的新兵。

"注意了！"

董龙彪一声口令，声音不高，却极威严，全排为之一振。

"背背包！"

顷刻间，全排背包上肩。像全训连队那么精干利索，一点儿也不拖泥带水。

"目标，营房。成二列纵队，齐步——走！"

队伍行进了。脚下是不平整的山路，步伐却齐刷刷丝毫不乱，而且大家故意把脚踏得啪啪直响。

而任光义和邢万来无精打采地跟在队列后面，活像一对难兄难弟。

王志红一个人走在最后面。事件从突起到平复，没听见她发出一点儿声音。但我想，这个夜晚，她一定有非常非常多的感想。

回到营房，董龙彪宣布：解散后尽快熄灯睡觉。于是全排无人喧哗，各班迅速就寝，至于马上能否睡着，自然另当别论。但有一点可以肯定，大通铺上的话题今夜是男人而不是女人。

董龙彪到卫生室来，我给他跌破的地方涂红药水；金建中随后跟进来，嘴里连连叫道：

"老九了不起！老九了不起！简直盖了帽了！要不然今天晚上起码三具死尸。那两个熊死了也就算了，王志红要是也死了，那就是玉石俱焚了。"

董龙彪伤得很轻，手心上破了一小块，颧骨和鼻尖上各破了一小块皮。涂完药，我顺手用红汞棉球在他额头上并排画了三个五角星：

"今天晚上的戏比电影精彩多了，你绝对是英雄，可惜碰破了鼻子，有损英雄形象，英雄是头可断血可流，鼻子是无论如何不能碰破的。"

董龙彪自己也抑制不住得意，"什么英雄不英雄，老子不过坐了一回弹射座椅。"

"什么？"

"弹射座椅，就是飞行员屁股底下坐的那玩意儿。你们知道飞行员跳伞是怎么跳的吗？座椅下面有颗小炮弹，需要跳伞时，一摁电钮，座舱盖打开，小炮弹把飞行员连人带座椅从飞机里弹射出来，就和我今晚上坐的差不多。可惜我吃不到飞行员的伙食，一天三块五啊。"

"唉，可惜没有酒，"我大觉遗憾，"要不今天咱们三个人痛痛快快喝个通宵，谁也管不着。"

"还要把王志红叫来，给梁山好汉把盏。叫任光义当跑堂的小厮，给我们端酒端肉，叫邢万来这个黑旋风下浔阳江去抓鱼，给咱们做醒酒汤。"金建中兴高采烈，一味地信口胡说下去。

我说："错了错了，抓鱼的是浪里白条张顺，李逵给张顺淹了半死，哪里会抓鱼，只会用手抓醒酒汤里的鱼。再说邢万来怎么能和李逵相提并论。"

董龙彪也极为兴奋，往我的床上一躺，嘴里朗朗念道：

"水许（浒）里有一个李达（逵），手拿着两把大爹（斧），从梁山伯的祝英台上跳将下来，嘴里哇剌（刺）哇剌地大叫：要大块契（吃）肉，把酒只管用大碗师（筛）来！"

我们大笑不已。

74

任光义推门进来，见我们正在大笑，竟有点进退维谷，做出不该闯进来的样子。不过他毕竟不是跑堂的小厮，我们也毕竟不是梁山好汉。董龙彪虽然对他不屑，还是从床上坐了起来。

"董龙彪，没伤着哪儿吧？"任光义问。

"要伤着了还能这么笑，哭都来不及！"

"真没想到邢万来会……"任光义想了一下，用了个报纸上常见的词，"铤而走险。"

"还不是让你那样治水治的，狗急了还会跳墙呢，人脸就那么一张皮，你把他全撕了他什么事做不出来。他偷看女人洗澡压塌了房顶，应该批评，哪怕给处分，要是看我老婆洗澡我也不高兴。可总要与人为善吧，是多大的事就说多大的事，不能把人往死里整！"

金建中在一旁敲着边鼓：

"用鲧的办法治水还是不行的，我看邢万来恐怕是有病，最好叫他到医院去检查一下，治一治。"

任光义的脸又开始红白相间了。

"副指导员，"我说，"董龙彪今晚的行为，够不够得上是王杰门合式的英雄？"

"英雄是英雄，不过把手榴弹塞在屁股底下，和王杰门合相比……"

金建中火了："非要把手榴弹揣在肚子下面被炸死了才是英雄？没炸死就不是英雄？你不要瞪着眼睛到处去找英雄，告诉你，英雄就在我们身边！"

"对对对，我刚才考虑了，要向上级给董龙彪请功！"

"算了吧，你要不卡我们几个的组织问题就不错了。"董龙彪说，"要请功就得请过，手榴弹好好的自己会爆炸？如实反映情况，刑万来非得押送回家不可。这家伙是不好，可要到那一步也太惨了。而且你这副指导员恐怕也当不成了。功不功的我无所谓，没炸死就不错了。"

"那怎么办呢？"任光义显然没想到这一层。

"你自己看着办吧。"

"我回去再好好考虑考虑。你辛苦了，好好休息，这几天就不要出工了，我叫伙房给你做病号饭，加强营养，早日把伤养好！"

任光义走了，最后的关心话叫董龙彪哭笑不得。

"你干吗不让他给你请功，弄个英雄当当这年头什么都有了！"金建中大为不平。

我说："管他任光义怎么样呢？这种人罢了他的官最好，本来就不是当官的料。"

"送佛送到西天，救人救到底吧。再说，我又不是光为了任光义和邢万来，王志红人不错，和咱们处得挺好，为她总得讲点义气吧。任光义到底是她丈夫，倒霉倒大了她脸上也不好看。"

金建中叹道："董龙彪啊，你这人才是刀子嘴豆腐心呢！"

董龙彪说："我不过是这么想，这事还不一定包得住呢，只要排里有人向上反映，他们两个家伙少不了还得倒霉。"

我用镊子夹出两个酒精棉球，"我把你脑门上的红星擦了吧。"

这天夜里，任光义房间的灯又一直亮到很晚。

情网难逃

王志红终于要走了。我们在赤道大火炕为她饯行。

仍然是罐头和青梅煮酒，不过因为是告别宴会，为显得隆重些，都乘以二，罐头四个，酒两瓶。还买了四只小酒杯。

虽然快进六月了，太风沟的风还是挺凉，不过坐在大火炕上仍然暖和舒适。酒是热的，菜是温的，四个人围坐在一起，感情气氛是暖的。只是温暖中有一点微寒的离愁别绪。

"王志红，你明天就要走了，"金建中举起酒杯，"这杯酒，祝你一路顺风！"他嘴里嗞地一响，把酒吸干了。

我也举起酒杯，"祝你平安到家！"

"祝你到家后，家里有个好收成！"董龙彪一仰脖子也干了杯。

王志红也把酒杯端起来，碧绿的酒在杯口晃动着。

"我不会喝酒，不过今天的酒我一定要喝，咱陕北穷，去年又遭了灾，我来部队本是想找口饭吃，找个生活依靠，没承想在太风沟认识了你们，你们不嫌弃我，把我当朋友看，我没啥好表示的，就把你们敬我的酒，全都喝了。"

她举起杯一饮而尽，虽然不是白酒，还是被呛着了。她抓过酒瓶倒满第二杯又干了。倒第三杯时，董龙彪拦住她：

"别喝太急了，吃点东西再喝，喝太猛了容易醉。"

王红执意倒满第三杯，看着董龙彪：

"要不是你救了我的命，我早没了，也回不了家了。喝醉了又有啥？"

一连三杯，全喝干了。

金建中拍手叫道："好，豪爽，巾帼英雄！不过咱们还得细酒长流，多享受一会儿，都抢酒喝，喝完了也就没意思了。"

我说："还是来行酒令吧。"

金建中说："行酒令有两种，一种罚酒令，一种赏酒令。大家都愿意喝的时候，行赏酒令，谁赢了才有权喝一杯酒。"

"那就来赏酒令。"

77

"咱们来念唐诗，怎么样？每人念出的诗里都要有酒字，或者要有喝酒的意思，才能喝酒，念不出来没酒喝。"

"行。"

"那我先来了，'葡萄美酒夜光杯，欲饮琵琶马上催'。这是古人送别时作的诗，"金建中饮酒一杯。

我随后念道："'两人对饮山花开，一杯一杯复一杯'。"也饮酒一杯。喝完了仍意犹未尽，接着念道，"'今日醉卧君且去，明朝有意抱琴来'。希望王志红下次再来，我们给你接风。可惜大火炕上没有山花可开。"

轮到王志红了，她念的是："'劝君更尽一杯酒，西出阳关无故人。'"念第二句时，眼睛竟有些湿了。

董龙彪说："你不会喝酒，就不要干杯了，抿一口意思意思就行。"

王志红仍然端起杯一饮而尽。咽酒时，有两滴泪流出了眼眶，不知是不是叫酒呛的，她顺手擦去了。

董龙彪想了一下，看着王志红念道："'抽刀断水水更流，举杯浇愁愁更愁'。"他也倒满一杯，喝了。说："酒是好东西，不过解闷可以，浇愁就不行了。要解愁关键是要想得开，我觉着倒霉，觉着窝囊，还有比我更倒霉更窝囊的。啥都想开了，活着，有饭吃，不生大病，就不错了。人就是要会穷中作乐，苦中作乐，知足常乐，要不还怎么活。"

"算了吧，"金建中说，"人才不是这样呢，欲无止境。活着，还想当官；有饭吃，还想有酒喝；不生病，还想找老婆；老婆有丑的有漂亮的，都想找个漂亮的。都像你说的那样，世界倒是太平了，可也就没劲儿了。不过苦中作乐倒是对的，咱们这是地地道道苦中作乐。我又开始了啊，'人生得意须尽欢，莫使金樽空对月'。"他给自己倒上一杯酒，"人生不得意也要尽欢，没有金樽照样干，"一仰脖，把酒干了。

78

我正要接着来，王志红问：

"从古到今，男的为啥都这么爱喝酒？"

"酒色财气，酒色财气，酒是第一个字嘛，"金建中又开始信口开河了，"自从盘古开天地，猴子下地变成人，世界上多少快活，多少烦恼，多少福，多少祸，多少阴晴圆缺悲欢离合的故事，全都走不出这四个字。古希腊人认为自然界是由四大元素组成的：水、火、土、风。我看人类社会也是由四大元素组成的：酒、色、财、气。"

王志红听入了神，"你讲的挺有意思，接着讲。"

"行。古时候，有个文人认为人世间的一切灾祸，都是由这四个字惹出来的，就在一个山上的一个亭子上的一根柱子上，题了一首诗。"

这是我们三个人过去说过的话题了，我倒了一杯酒说：

"该我喝酒了，这首诗我来念吧：'酒是穿肠毒药，色是刮骨钢刀，气是下山猛虎，财是惹祸根苗'。"

我喝了一杯酒。金建中接着说，"后来又有个文人，看到了山上亭子上柱子上的这首诗，觉得写的不对，就在另一根柱子上也题了一首诗，叫：'无酒不成筵席，无色世上人稀，无财谁肯早起，无气总受人欺'。这两首诗各有道理，但又都有点片面性，后来……"

董龙彪抓过酒瓶说：

"又有个文人题了一首诗：'饮酒不醉是英豪'，"他把倒出的酒喝了，一抹嘴，"'见色不迷最为高，不义之财君莫取，忍气饶人祸自消。'"

金建中话瘾还没过完，仍滔滔不绝：

"就说你到太风沟来以后看见发生的这些事，哪一件跟这几个字没有关系？酒，人无聊，就想喝酒，喝多了就会生事，胡说八道胡来一气，你们结婚那天的喜酒喝得副指导员老大不高兴，对吧；色，邢万来要不是色迷心窍就不会爬塌房顶，这是他的丑，不是你的丑，你不要不好意思；财，咱们现在一个月津贴没几块钱，谈不上这个字，不过师里要不是为了财，就不会派我们到这鬼地方来挖煤；气，副指导员要是没有气，就不会那样整邢万来，邢万来要是没有气，就不会拉手榴弹，对不对？"

他得意扬扬如同发表了一篇哲学论文，举起酒来正要喝，王志红一句话使他举到嘴边的杯子停住了。

"那你说董龙彪那天晚上冒自己的生命危险救别人的命，是跟这四个字里哪一个有关呢？"

"这，"金建中傻眼，"让我好好想想，"他努力想了一会儿，"嗯，惭愧，好像是没什么关系。"

"那就是说，还有比酒色财气更重要的东西，要不世界上全都是乱七八糟的事，不就乱成一团糟了？"

金建中拍手叫道："对对对，想不到王志红还有点哲学思想，佩服，佩服，我这个四大元素的理论的确不够完善。"

"那比酒色财气更重要的东西是啥呢？"王志红问。

金建中被问卡壳了，"你说是啥呢？"

"我感觉到了，可又说不清到底是啥。"

"是真、善、美，友谊，还有……"

董龙彪倒酒喝酒，剩下一个"还有……"不说了。

"还有啥？"

董龙彪沉吟了一会儿说：

"爱情吧。"

"对了，我一下子没想起来，就是真、善、美。"金建中说，"没有真，人和人之间就不会吐真情，讲实话，大家就都成了假正经、伪君子，那人活着多他妈的累；没有善，董龙彪就不会舍己救人，当然还要有勇敢，善和勇在一块儿才是英雄，当然还要有机智，要不他就成了死英雄而不是活的英雄了，可现在人不死人家就不认为你是英雄，真他妈不公平。哦，还有美，没有美，我们就不会喜欢文学和艺术，就会只知其肉香而不知其韶乐美；还有友谊，没有友谊，我们四个人就不会坐在一块儿谈心聊天喝酒；还有爱情，没有爱情嘛……"

金建中忽然发觉当着王志红不该阐述有关爱情的问题，但已经说出口了，只好说下去：

"没有爱情嘛，那男人和女人之间光剩下个色字，也就没多大意思了。"

王志红把我们三个的酒杯倒满了，把自己的也倒满了，很认真很庄重地端起酒来：

"为了真、善、美，还有友谊，我诚心诚意地敬你们一杯！"

她的神情使我们很有些感动，也很认真很庄重端起杯子，四个人互相碰了一下，把酒干了。

我们从下午一直喝到黄昏。四个人都有了醉意，摇摇晃晃往回走。

太阳带着它的光从四周浑圆的山峦上落了下去。迷蒙的光线中，自燃煤山的火光渐渐变红变亮了。

走出赤道，走下大火炕，王志红忽然说：

"呀，我的一个小银锁掉在大火炕了，你帮我一块儿去找找行不？"

董龙彪犹豫了一会儿，答应了。

我说："我们也去一块儿找找吧。"

金建中拉了我一把，"我们俩先走，要不人家看见又说我们搞小集团了。"

我一下子意识到了点什么，就和金建中先回去了。

我们走后，赤道大火炕上又发生了一些事，当然那是后来董龙彪告诉我们的。

王志红和董龙彪又回到了我们下午喝酒的地方，董龙彪低头在帮王志红找小银锁。王志红默默站了一会儿，搬开一块石头，对董龙彪说：

"别找了，在这儿呢。"

小银锁是她自己压在石头下面的。

董龙彪直起腰来，"找到了咱就回去吧，天不早了。"

"求你单独和我在一起待一会儿！"

董龙彪后来说，他立刻就知道他和王志红都陷入了一种危险，就像握着那颗咻咻作响的手榴弹，可他既不能把它扔出去，也没有背包可以把它压在底下，只有听任它爆炸。

"我真后悔没听你的话。"

"什么话？"

"不该和任光义结婚。"

"我知道，他有病，不过有病可以治嘛。"

王志红又羞又气，眼泪唰地就出来了：

"你就这样看我？你把我当成啥人了？你以为女人图的就是这个？"

话里充满幽怨，董龙彪的心战栗了。

"对不起，我说走嘴了，我不该这么说。"

"治好了他也不是个男人！"

董龙彪一声不响。

"真闷人啊，真闷死人了！"王志红重重长长地出了一口气，"我心里憋得难受，真想有个人，可以抱着他痛痛快快哭一场！"

董龙彪还是沉默。

王志红抬起眼看着董龙彪，董龙彪也看着她。

王志红再也忍不住了，扑到他身上，紧紧抱住他大哭起来，像要把所有的伤心、哀怨、忧郁、委屈全都从这大哭里倾倒出来。

董龙彪像根木头，站在那里，任她抱，任她哭，一动不动。

王志红的哭声变成了低低的抽泣，她的泪湿了董龙彪一大片衣服。她的头顶着董龙彪的下巴，脸在他胸前使劲蹭着。

董龙彪像根石桩，立在那里，任她顶，任她蹭，一动不动。

王志红哭累了，紧紧箍着他的双臂也没劲了，整个身子疲软了，却是滚热的，顺着董龙彪的身体向下滑。

董龙彪像一块铁，被围着他的那团炽火烧热了，烧红了，但还没有软，没有化，任王志红抱着他的双手一直滑到了腿上，整个人跪坐在他身前。有一股热流在他身内流动着，奔涌着，他觉得自己就要坚持不住了，但终于还是，一动没动。

王志红也抱着他一动不动。

旁边的自燃煤山在静静地燃烧，把红光投向已经黑下来的夜空。

他们这样静静地呆了许久，董龙彪说：

"该回了。"

王志红哭过后显得平静多了，顺从地站起来，再没说一句话，把那个小银锁放进了董龙彪胸前的口袋里。

董龙彪想把小银锁掏出来还给她，但没敢这么做，他怕太伤这个不幸女人的心。

他们默默无语地走回来，火口的红光把两个淡淡的影子投在大火炕上。

听董龙彪说完了这些以后，金建中连连赞叹：

"好汉！'见色不迷最为高'，真是武松武二爷！"

我却在为王志红惋惜：

"唉，王志红这么个人真可惜了，如果不是生在陕北，而是生在北京……"下面的话我不好说下去了。

董龙彪做了个深呼吸：

"我真后悔，当时没抱她一下。我还从来没和女人这样过。"

金建中道："千万不能抱，一抱就完了。你总算没掉进这张情网，你想过没有，你要真掉进去了将来怎么出来？"

王志红终于走了。她带来的一点生气似乎也全带走了。太风沟又变得像从前一样单调、枯燥、乏味。任光义照样当他的副指导员；邢万来照样喂他的猪，烧他的锅炉（澡堂的房顶自然早就修好了），再也没犯过二球劲。听说要给他个处分，但并没有见宣布。听说要给董龙彪请功，也没见动静。不过任光义倒是很快就让董龙彪填了入党志愿书，并且把他从班里调出来，当了我们这个排的上士，大概算是对他的报答。像我一样，董龙彪也单独拥有了一个小房间，每隔两三天跟拉煤的车下山采购肉、菜和粮食。买好东西再跟拉煤的车上山来。

除了这些小小的变化外，生活基本恢复到了王志红没来以前的状况。虽然无聊，倒也平静。但这种平静没有持续多少时间。看来在人们心底暗暗涌动着的那种东西，那种力量，注定了要在太风沟惹出一些不平常的事来。

七月，王志红和夏天又一起来了。

我们三个在赤道大火炕为她接了风。战士们也大为高兴。因为营房又有了生气，有一个尼姑的庙总比全是和尚有活力。

但任光义并不为此感到高兴。一是大概因为他的病；二是因为找了这个婆姨差点使他遭了杀身大祸；三是因为王志红来并没有事先跟他打招呼。他正好要去团里参加一个政治干部短训班，把老婆一个人留在太风沟显然不放心。好在仅仅一个星期。

对王志红的再次到来最高兴也最不安的，是董龙彪。他预感到这次将要发生什么事，他预感到的事果然发生了。

半夜，他梦见下雨，听见淅淅沥沥的雨声。雨滴很温暖地落在他的脸上，醒来伸手一摸，脸是湿的，梦中的雨声原来是一个人轻轻的啜泣。这个人就坐在他的铺板边上。

太风沟营房的门都没有插销。外面一把挂锁，里面是一根顶门的木棍。冬天怕风吹开门，睡觉前把门顶上，夏天一般都不顶门，董龙彪房间的门自然也没有顶。但现在他的门被顶上了。

他知道这个人是谁。

"王志红，你怎么来了？"他轻轻问。

"我想你！"她轻轻地回答。

"快回去，有话白天说。"

"我想你想得不行了！"

"这样多不好。"

"我老远从陕北来，不是为了任光义，是为了你！"

"万一让人看见……"

"大不了是个死！要没有你，我早死过一回了！"她抓住他的手，把身体俯向他。

他努力推开她，"我不要你报答！"

"我不是报答你！回家后，见不到你了，比死还难受，我实在受不了，啥也不管，就来了！"

"可你是结过婚的人！"

"我知道我是任光义的老婆，不配你，也没指望和你做长久夫妻，碍你的前程，我就想把自己给你，只要你喜欢过我，就行了。"

董龙彪已抵抗不住了，但还在竭力抵抗。

85

"快别这样，别这样，别这样……"

王志红又哭了，泪珠滴在他身上，像炒得滚烫的豆子。

"我就这么贱，你不愿意要我，我又不是图你啥，我就是……想你想得不行了，哪怕你把我当……"她使了好大的劲说出，"破鞋呢。"

董龙彪被震撼了，"你胡说些什么？"

王志红哽咽着：

"我知道，我不是个好女人，你在心里骂我，骂我是个骚情货！我认了，可是我不信有一点儿都不骚情的男人和女人，我就想不通，一个女子想把自己给喜欢的男人到底有多大的罪？"

"你别说了，你是个好女人，我知道，就是命不好。"

"过去我不认识你，反正稀里糊涂地咋都能活，认识了你以后，才知道心里头要有一个人活着才有意思。心里没有人的日子我一天也过不下去了。为了心里面的人，我啥都敢做，你身边要是有颗手榴弹要炸，我也敢上来抢，哪怕炸死我，也不叫炸死你！能为你死是我的福气，我就是这样了，多大的罪名我也敢背！你要是害怕，我这就走，明天就回家去，再也不来了！"

董龙彪在喘息中沉默着，急促奔流着的血液使他浑身发烫。

怎么办？

"你到底还是陷入情网啦！"金建中大惊失色。

在我的卫生室里，董龙彪神色庄重地把昨夜发生的事向金建中和我做了简略的情况通报。

"你们说，我该怎么办？"

董龙彪叹了口气，"我已经不是见色不迷的好汉了。"他自嘲地笑笑，"男子汉大丈夫敢做敢当，只是我心里空悠悠的没个底，不像上次抢邢万来的手榴弹，一点儿不怕，连后怕都没有，就觉着挺好玩，挺得意，也不觉得是件什么了不起的事儿。可这次像做了一件最了不起的事，又是一件最不该做的事，想听你们几句话，让心定一下。"

金建中叹了口气，"自古以来，多少英雄都是过不了美人关哪。你如果光图那个，那倒好办了，难办的是你已经认真了，已经生生死死了。可你和她这种事认了真不会有任何结果，只能把你们越搞越惨。水能载舟，也能覆舟；欲能生人，也能死人，人家把男女之情看成洪水猛兽不是一点儿道理都没有。你信得过我们，问我们怎么办？我只有一句话：到此为止！"

"怎么到此为止？"

"趁现在没别人知道，就当没这么回事，对你，对她，都好。你对她要冷下来，把烧起来的火浇灭，反正不能再热，王志红是个好人，也是个明白人，她不会缠住你不放的。不能太认真了，这种事怕就怕'认真'二字！"

"那我到底该怎么办？"董龙彪使劲扔了香烟，像狮子一样低低地吼着，"如果我光顾了自己的一辈子，王志红这一辈子怎么办？"

怎么办？谁也不知道该怎么办。

在爱情上，女人往往比男人更不顾一切，更勇敢，一切听其发展，而不去问怎么办。

半夜，王志红又悄悄进了董龙彪的房间。

也就在这时，任光义回来了。

任光义去团里参加一个星期的短训班，但第四天就借故回了太风沟。他傍晚就到了，却饿着肚子在外面一直等到半夜才回营房。他的病使他有一种不安全感。

他走进自己的房间，王志红不在房间里。

他怕的就是这个。但在怕的背后，他隐隐约约的似乎也正等着这个。他可以有地方好好出一出一直窝在心里的那股气了。他拿起手电筒出来查铺，目标只有两个，除了他以外，只有我和董龙彪单独住一间房。他先到了我的房间，房门没顶，当时我正在熟睡。什么也不知道。

他又到了董龙彪的房间。射入的光柱证实了他的猜测；里面的人也立刻明白了自己的处境。

又一颗手榴弹爆炸了，但一切都是无声的。

太风沟里的人都在梦乡里，醒着的只有四个人：他，董龙彪，王志红，哨兵。哨兵在营房门外，不知道院子里发生的事。

任光义以为自己稳操胜券。他像一个法官一样坐在自己屋里，等待他的犯人前来投案，来听他的判决，乞求他的宽恕。

过了一会儿，王志红进来了。他以为王志红一定不敢正视他的眼睛，结果他的眼睛不得不避开王志红的目光。

"给我跪下!"他威严地低声喝道。

王志红站着没动。脸是红的，表情却是不屑的。抬起手把一缕头发从眼前撩到耳后。

"不要脸的婊子!"任光义骂道。

他看见泪花在王志红眼圈里转着，心想，她就要跪下求饶了。

王志红把泪忍了回去，低声说：

"你说，怎么办吧?"

"你们想怎么办?"他本来想把这句话很严厉地扔给那两个人的，没想到让王志红硬邦邦地先扔给了自己。

"你们想怎么办?"他下意识地反问。话是同样的话，但已完全丧失了威力。

"离婚！"王志红低着头说。

"什么？"任光义脸变白了。他这才意识到这一仗他很可能打不赢。可自己完全是处在有利的地位上，怎么会治不住这个女人呢？

"离婚！"王志红抬起头又说了一遍，斩钉截铁。

他想说："离婚就离婚！离婚我也饶不了你！我要叫你们倒大霉！把你们彻底搞臭！叫你们……"可他说出的却是：

"为啥要离？"

形势完全颠倒了，他成了乞求者。

"你不是个男人！"

他脸上火辣辣地发烧。他这才感觉到，原来不是一个男人比偷人、比搞破鞋还要耻辱。

"我去治病！"他艰难地吐出这四个字。他要改变这种耻辱。

王志红却感到了极大的羞辱，"你以为我是因为你的病才要和你离婚？你以为我是因为你没能耐才跟别人好？你以为你治好了病就是个男人了？你要真是个男人你有病我也认了！可你不是！"

任光义又被激怒了，"你们乱搞反倒有理了是不是？"

"是我去勾引他的，是我自己到他房间里去的，是我硬想把自己给他的，我随你处置，随你发落，大不了是一个死，跟你这种人过，还不如死了痛快！"

"你再说！"任光义抄起顶门的棍子，照准王志红抡过去，王志红一声没响，手捂着头蹲下了，片刻，血从发丝和指缝里流了出来。

"你再打！"王志红的目光咄咄逼人地盯住他，"你就是把我打死了也算不上个男子汉！"

门推开了，董龙彪站在门口。

"这种事你不找男的算账拿女的出气算什么本事？"

"当然要找你算账！"

"那好，你说吧，来文的还是来武的？来武的我先让你打三棍子，然后我再还手。来文的我先把卫生员叫起来，给她把伤包扎了，我们两个男人再谈。"

任光义拿着棍子怔在那里动弹不得，他永远也左右不了在他身边发生的事。

"你不动手，就说明你是要来文的，一会儿我在我房间等你！"

董龙彪扶起王志红到卫生室，把我叫起来给她包扎伤口，伤口有三厘米长，肉都翻出来了，需要缝针。

我知道怕发生的事终于发生了。拉上窗帘，尽可能轻地给王志红缝合伤口。夜仍是静静的，除我之外没有惊醒任何人。

董龙彪在他的房间里和任光义进行谈判，没有开灯，两个烟头的红光在黑暗中使劲地强了又弱，弱了又强。

"这事，你说，该怎么办？"一个声音在问。

"你想怎么办？"另一个声音在反问。

"你们这是什么行为？"一个声音在质问。

"我不想解释什么。"另一个声音根本不接受质问。

"刚才我要把全排叫起来，看你的脸往哪里放。我是想给你们一个悔过的机会。"

"如果不是为了你自己的脸，你早就吹哨子紧急集合了！"

"你太……放肆了！"任光义恨得咬牙切齿。

"你到底想怎么办？"

好一会儿，任光义终于把气咽了下去，开口道：

"董龙彪，你救过我一回，这次又坑我一回，我们把话说清楚，谁也不再欠谁的，行不行？"

"你说吧。"

"今天夜里，就当你们没在一个屋里，我也没看见。"

"条件呢?"

"你不能再跟她……讲话，不能再让别人知道，过几天我就叫她回去，你们再也不能见面!"

"我也有一个条件：从今天起不许再以任何方式虐待她。她提出离婚，你必须同意，你不能坑她一辈子!"

好半天，任光义从牙缝里吐出一个字：

"行!"

一个在夜里悄悄发生的危机，又在夜里悄悄地结束了。

但，它真的结束了吗?

紧急集合

任光义一连三天没有带队出工，在家里当了三天看守。王志红走到哪里他的眼睛跟到哪里。三天里，王志红和董龙彪没有机会讲一句话。他们三个人胸中的块垒都已被火点燃了，却又在拼命隐忍着，不让它燃烧。别人也许不在意，我却看得出来，他们瞳孔深处的目光和皮肤下面的表情都因为竭力的隐忍而变色变形了。

真压抑啊! 我也被这种压抑的氛围紧紧缠裹着。

第四天，董龙彪跟拉煤的车下山买菜去了。

第五天上午，趁董龙彪还没回来，任光义看准了机会一定要王志红跟拉煤的车下山回陕北。这次我们无法为她饯行了。

临走前，王志红到我的房间里来给伤口拆线，悄悄问我：

"董龙彪啥时能回来?"

91

"也许今天下午，也许明天上午。"

"走前我无论如何得见他一面！"

"你今天就走了，怎么办？"

"车经过大烽矿我就下来，夜里我在赤道大火炕等他！"

"他要是今天回不来呢？"

"明天夜里我还在那里等，后天夜里我还在那里等，等到他我再走！"

"那你吃饭怎么办？睡觉怎么办？"

"只要能再见他一面，我咋都行！"

"我知道了，你放心！"

"你跟金建中打个招呼，就说我走了。你们都是好人，这一走，怕再也见不到你们了。"

王志红流泪了。我的鼻子也忽然不通了。

下午董龙彪回来了。

听说王志红已经走了，董龙彪两眼立刻就红得像要冒出火来。卸车时，一使劲，竟把个面口袋撕破了。我连忙找了个机会把王志红留下的话告诉他，他眼里的火才不冒了，回到房间里倒头大睡，等待夜晚来临。我知道他心里肯定在翻江倒海，开了两片苯巴比妥给他吃，好让他的情绪镇定一些。

夜幕终于降临。但董龙彪还得焦急地等待，晚点名，读报，然后才熄灯，就寝。看见任光义房间的灯熄了，我走过去轻轻敲了敲董龙彪的门。金建中已和别人换了熄灯后的第一班岗，好让董龙彪出去时不被人注意。

董龙彪去了。我在想王志红孤身一人挨到天黑，又一个人孤零零地在赤道大火炕苦苦等待的情景。她饿吗？她渴吗？她害怕吗？即使是夏天的夜里，太风沟的风还是很凉很厉害的，尤其在野外，呜呜地响着像野兽在叫。好在赤道大火炕是温暖的，而且也不算太黑暗，有火口的红光映照着。

金建中下岗后，又到我的小屋里来唏嘘感叹了一番。

"唉，不是冤家不碰头，老话把情人叫冤家，真是有道理。他俩怎么会碰到一起的？命运真他妈会安排！"

"这会儿，董龙彪已经到了吧？他俩将来能成吗？"

"姻缘这个东西，自古以来谁也说不清！"

"董龙彪说，任光义答应和王志红离婚。"

"你当离个婚那么容易？任光义心眼那么小，报复心可大着呢，他能轻易放了王志红？没门儿！董龙彪真不该卷进去。舍己救人，倒把自己舍坏了，做好事的人往往没有好结果。不过话说回来，他比我高尚，我大概是有点玩世不恭了。"

"问题是他和王志红真有了感情。"

"问题是王志红是个女的！如果是个男的，再有感情，当个好朋友，什么事也没有。可她是个女的，这就牵连到酒色财气的色字上去了。一沾上这个字事情就不好办了。"

"唉，你注意没有，董龙彪和王志红这几天整个瘦了一圈，脸色那么难看，我看任光义也够受的。"

聊了一会儿，金建中回班睡觉去了。我也躺下睡了。我们都没有想到，任光义也会做出惊人之举。

半夜，急促的哨子声把全排从梦中唤醒。

紧急集合！

任光义在每个班门口挨着喊过来：

"有紧急情况，不打背包，只带武器！"

不像是一般的紧急集合。片刻之后，全排在院子里集合完毕。

任光义站在队前："根据上级紧急通报，今夜有特务在我太风沟地区活动，命我排立即出发。任务，包围自燃煤山，搜捕！"

队伍跑步出发。战士们被突如其来的敌情刺激着，紧张而兴奋。

明白内情的只有金建中和我，知道董龙彪和王志红危在旦夕，却又只能跟着队伍往赤道大火炕跑，无法给他们任何帮助。

已经看到自燃煤山的火口射向夜空的红光了。突然，一声枪响划破静夜。

"谁开的枪？"任光义大声喝问。

"报告，是我走火。"金建中回答。

"金建中，你！"任光义气得说不出话来，接着喊道："加速前进，包围，不要让人跑了！"

以火口的红光为中心，搜捕的包围圈在迅速缩小。

火口下面的大火炕上没有人。有人踢响了一个罐头盒，是我们聚餐时留下的。

和火口平行的赤道上也没有人。

当包围圈再缩小，大家看到在山顶上被火口的红光隐约照到的地方，有两个并肩站在一起的人影，既不动也不跑，马上有几根手电光射过去。当这两个人被照亮时，大家全怔住了，没有一个人上前，也没有一个人知道碰上这种情况该怎么办。

前来抓人的人和被抓的人都站着一动不动，像一群被红光映照着的雕像。脚下的自燃煤山在默默燃烧。透过胶鞋底，脚心已经感觉到了烫。

任光义已经变得歇斯底里：

"你们看，这对不要脸的狗男女搞腐化，上回叫我抓住放了，这回又跑到这里来搞，又叫我抓住了。我饶了一回不饶二回，要丢人，咱们一块儿丢，看看谁丢的人更大！"

董龙彪一言不发一步一步向任光义走来。

任光义嘴里还在叫骂：

"王志红你个婊子！你不是说跟我过还不如死了痛快么，我今天就叫你好好痛快痛快，看你个骚情货还有没有脸再做人！"

他把手电光死死照在王志红脸上。

王志红脸色惨白，忽然厉声说出：

"任光义，你以为我不敢死么？我死给你看！"说完转身向着射出红光的山顶的边缘跑去，边缘下面就是熊熊燃烧着的火口，谁也来不及上去拦住她。

"王志红，你站住！"

董龙彪转过身来声嘶力竭地呼喊。

王志红从阴影中跑到了从下面漫上来的红光里。跑到山顶边缘，也许是因为热气的炙烤，也许是因为没有力气了，也许，是因为她并不想死，脚步变慢了，但还是在倔强地向那危险的边缘迈去。

"王志红，你回来！"

董龙彪不顾一切向她冲去。王志红已经踩到山顶边缘了，她站住了，转身朝向董龙彪，但脚下一滑，身体扑倒在倾斜的山顶边缘上，随着早就被火烤得酥松了的风化岩层塌落了下去，只从红光中卷起的尘埃中传上来一声长长的惨叫。

在场每一个人的心都被这惨叫撕裂了。

"王志红！"董龙彪趴在王志红滑下去的地方也是一声长长的惨叫。仿佛从喉咙里蹦出来的不是声音，而是一片鲜红的血。

一切都已无可挽救。

自燃煤山还是那么无动于衷地燃烧着，丝毫不知道它大张着的火口里刚刚吞吃了一个生命。一个年轻、漂亮、聪明并且痴情的女人的生命。

任光义完全吓傻了，脸上毫无表情地呆立在那里，嘴里念叨着："这怎么会，这怎么会。"

一个比他高大粗壮得多的黑影走到他身边，狠狠一拳把他打倒在地上。这个黑影是邢万来。

董龙彪被从山顶上架了下来。醒来后一句话不说，伸手就从一个战士腰间拔下一颗手榴弹，一边离开人群走去，一边在拧盖子。

我和金建中急忙扑上去，一句话也说不出，只是紧紧抱住他。

我们这个排就这样垮了。

事故传出后，另一个排到太风沟来接替了我们的任务。我们被调回连里整训。

任光义的副指导员被撤了，受留党察看的处分。还有一个处分是邢万来给他的，那一拳把他的下颌骨打骨折了。到年底，任光义转业回家。

邢万来因为曾经爬塌房顶，企图制造政治事故和打坏了任光义的下颌骨，被提前复员，遣送回乡。

董龙彪的党员自然再也不会批下来，背了记大过的处分，年底复员。

金建中又干了一年，我则又干了两年才复员。

开始几年我们三个互有书信联系。知道董龙彪结婚了，但处得不好，后来又离婚了。

金建中后来也结婚了，有一次出差路过来看我，问他婚后如何，回答是："凑合着过吧。"似乎也不太幸福。

再后来，信渐渐稀少，以至于没有信了。虽然感情不会忘却，关系毕竟是疏远了。

但随着时间的越离越远，我对那座夜里发光雨中吐雾的自燃煤山和那片温暖的赤道大火坑却越加怀念起来。太风沟现在恐怕已经交给地方，成为一个颇有特点的小型露天矿了。自燃煤山的景致一定有人乐于观赏，赤道大火坑大概也成为青年矿工们弹吉他唱歌的地方。他们知道那火口里曾经焚毁过一个人的青春和生命吗？

如果有机会，真想和董龙彪、金建中一同旧地重游，买两个罐头一瓶青梅煮酒，坐在那块温热的土地上，谈谈肉、韶乐和女人。

（原载《昆仑》1990 年 2 月号）

莫格尔少校

一个故事可以有很多种开头，只有一种结尾；也可以只有一种开头，却有很多种结尾。当然你也可以说，有很多种开头，也有很多种结尾。生活无始，生活也无终。而想把某一段生活落实到文字上，你就不可能躲开起始和终结的问题。

　　我这次想写的，是一块在记忆中埋藏了很久的经历，像一坛原先淡而无味的薄酒，却因为时间的因素使它浓厚和醇香起来。也因为相距遥远，它的边缘已经有些模糊不清了，但它的内核却相当结实坚硬，时间的胃酸也很难把它消化掉。它粗糙的表面是一块璞石，我敢断定它的内里藏着一块玉。但是如何剥离开那些粗糙的石质，把它温润透明硬朗而有光泽的本质呈现出来呢？我的笔开始像玉工的凿子一样，试探着从各个角度向里面切入，其实，从任何一个角度，任何一个细节，任何一个回忆，都可以进入故事的核心。

开头一　银　根

　　妻在银行工作，有一个词进入耳朵的频率很高，这就是"银根"，诸如银根紧缩、控制银根等等。但有一个字面上完全相同的词却已被我遗忘很久了，忽然想起来时它已成了非常遥远处的一个几乎看不清了的小点。在我和那个银根相熟的时候，还不知道现在耳熟能详的这个银根为何物。那个银根是一个地名，我的这段经历就发生在那里。

于是我翻开地图开始寻找它，它应该就在中国这只雄鸡背上正中最凹陷处靠近边境线的地方。时间的变化在地图上也显示了出来，那时候银根属阿拉善左旗，阿左旗原是内蒙古自治区的一个旗，当时划归宁夏回族自治区管辖。这样在原来宁夏的头顶贺兰山北部又多出了一大片直抵国境线的戈壁滩。这块戈壁上一个稍稍有点出名的地方是吉兰泰盐湖，或许远古的这片大陆腹地是一片大海，海水蒸发了，浓缩了，凝成这盐湖；而裸露出的海底便成了荒芜的戈壁。当年我从阿左旗北行，正是取道吉兰泰盐场，再向前经过巴音诺尔公，然后到达银根的。那时候从贺兰山往北这一大片比原来的宁夏回族自治区的面积还要大的戈壁都是我们独立师的防区。但是在现在的地图上，阿左旗重又划归内蒙古自治区了，我只好把地图翻到内蒙古那一页，仔细找了一遍，竟然没有银根这个地名。

难道地图也像人的记忆一样会把一个相隔久远的地方给忘掉吗？我不甘心，又仔仔细细地搜索了一遍，在我觉得应该是银根的那个位置上，却是三个完全不同的字：昆都仑。我断定这个昆都仑就是银根，因为它的左边是公古赖，右边是巴音戈壁。休眠的记忆细胞开始苏醒，公古赖的左边是阿拉善右旗的巴丹吉林沙漠，巴音戈壁的右边是杭锦后旗，那里有古代烽烟迭起的狼山。历史曾经划给宁夏一块拥有国境线的土地，而我这个宁夏独立师的士兵也因此拥有了一段与国境线有关的经历。现在，阿左旗早已脱离宁夏，独立师的建制也已在百万大裁军的举动中撤销，我所拥有的，只是对那一段岁月的记忆了，记忆如烟，你不抓住它，便很可能飘散掉。

我不甘心银根这个地名就此消失，又找了几个不同版本的地图，果然在昆都仑这个地名旁边找到了一个括号，在括号里面是两个很小的字：银根。银根，这是一把落在厚厚的灰尘里的钥匙，找到它，就可以开启返回过去的厚门了。

驻扎在银根的，是独立师四团（边防团）的团部，这是大银根。从大银根向北直上，紧抵边境线只有五公里的地方，是小银根，这是一连连部驻扎地。我是独立师一团二连的兵，却因为在《解放军文艺》上发表了几首小诗，被师里宣传科当人才看中，专门派到边防团来体验生活，有一段时间就住在小银根的一连。那时候我作为一个兵是相当特殊的，可以和一般士兵一样站岗巡逻，也可以以采访为名和部队首长不分上下地谝闲传。（注：陕西话，聊天的意思）平常在战斗班里搅马勺，碰上会餐或者有来客要小小地宴请一下，必被请到连首长的桌上去风光一下。那次体验生活的结果是绞尽脑汁搜索枯肠写了一篇几千字的散文，今天如果能够找出来再看一眼，定是不堪回首的幼稚感和大可回首的亲切感兼而有之，可惜翻箱倒柜也找不到当年视若珍宝的作品了。现在想来，怎么那么些有趣味有意味的事当时都写不进文章里去，而在二十年以后，隔了厚厚的岁月镜片去回顾，那段当时觉得写不到文章里去的经历才有趣了起来，让我产生了写作的冲动。

开头二　一个卵子的团长和四只眼睛的政委

我是坐着一种苏制吉普嘎斯六九向边防线走去的，同车的是边防团的朱团长和荀政委。现在已经见不到那种老掉牙的车了，但当时它的性能似乎并不比新装备部队的北京吉普差，而且我一想到它，就会想到和我同车的那一高一矮一壮一瘦一红一黑一重一轻的那两个军官，正是从他们身上，我知道了什么是粗犷和细腻。关于这一对团长政委，有一段在师里广为流传的佳话，那时候他们还没有来到一个团里当主官，一个在二团当参谋，一个在师里当干事。有一天他们在电话里相遇了："喂，你谁呀？""我老猪啊，你谁啊？""我老狗啊。你是哪个老猪？""参谋老朱。你是哪个老狗？""干事老苟。"老猪火了："别他妈开玩笑，我是老朱！"老狗乐了："谁跟你开玩笑，我是老苟！"后来他们调到一个团里成了搭档，两人在工作上密切配合，在生活中却不断抬杠。老苟把老朱的宿舍叫猪圈，老朱把老苟的寝室叫狗窝。每每抬到不可开交，老朱便说："不抬了，不抬了，猪咬狗，两嘴毛！"老苟必定要纠正："我嘴里是猪鬃，你嘴里才是狗毛！"

朱团长有个外号，叫"一揽子"团长，开始我以为这是个大事小事一把抓、拿起一把刀来眉毛胡子头发都剃的人，后来才从老兵那里知道这个"一揽子"的"揽"其实是用方言把"卵子"的"卵"给念走了，男人都有两个卵子，他却只剩了一个。丢了一个卵子，这在别的男人是一种耻辱，而在他身上却是一个光荣，那个卵子是打仗打掉的。当年在青海剿匪的时候，敌人打枪打得极准，压得他们抬不起头来。想起来要用迫击炮来压住敌人的火力，才发现炮架子被惊跑的骡子带走了，朱团长（那时候还是朱排长）一急之下，抱过迫击炮来往两腿间一夹，抓起炮弹就往炮管里塞，炮弹一个接一个从他裤裆里飞出去落在敌人的阵地上开了花，战场的势态立刻就发生了逆转。正当他兴奋地站在那儿大叫："叫你们狗日的尝尝老子钢炮的厉害"的时候，一颗不知道是属于流弹还是经过精确瞄准的子弹从他得意扬扬的裤裆里穿过，打掉了他的一个卵子，至于是左边的还是右边的就搞不清了。他当时就昏了过去，有人说是疼昏的，有人说是气昏的。而他后来则否认那颗卵子是被子弹打掉的，更愿意说是情急之下那颗卵子也变成了一颗炮弹飞了出去，这当然带有开玩笑的性质。每当他持这一说法时，苟政委都会由衷地赞叹："不得了，不得了，每一个精虫都是一个弹片，胜过美国人的子母弹！"……

嘎斯六九在荒凉的戈壁上颠簸，到边防去的路单调遥远而漫长。要抵抗旅途的疲劳感，天南海北的闲聊胡侃和针锋相对的抬杠是最有效的兴奋剂。但那时候团长在我的眼里已是很大的官，和他们如此紧密地挤坐在一个小车里并且听他们生冷不忌地说着一些和在队列前做训示时完全不同类型的话，语言里那种既亲切又陌生既庄严又亵渎的气息使我有一种兴奋的窒息感。当抬杠结束朱团长用游击队歌的调子快活地唱起了自编的词来配合吉普车的跳动节奏："我们都是神枪手，每一颗子弹打中个敌人头；我们都是神炮手，炮筒里飞出个爆炸的球……"我惊讶地想，这样的歌要不是出自一个被敌人打掉一个卵子的战斗英雄之口，岂不就是在歪曲革命歌曲吗？

苟政委显然看出了我这个小兵的惶惑和拘谨，把手搭到我的胳膊上说："是不是听首长讲大道理听惯了，一下子和当团长的人坐得这么近，听他们胡说八道，有点不习惯？"不等我表示肯定或否定，他拍拍我的肩膀："将来你也会当团长的，你肯定既会讲大道理，也会胡说八道。你放松一点，坐得舒服一点，我们又不是在开班务会，别把吉普车当小板凳坐。其实对战士来说最厉害的官应该是班长，官越大越不用怕。"他用那双在近视镜片后面显得小了的大眼睛望着我，目光因为在度数很深的玻璃片里绕了弯而使人感到亲切。如今我也算是当了团长的人了，当然只是团级的干部而不是一团之长，因而在队前用大道理训话的那一套长官的派头依然没学会，而胡说八道的本领却比他们那时候有过之而无不及。

苟政委也有个外号叫四眼政委，这倒没有什么典故，只是因为他鼻梁上架的那副度数很深的眼镜。他的鼻梁细长，那副眼镜可以架在鼻梁上的任何位置，而眼镜的位置则能很明确地表示他对某人某事的态度。团里的干部们都习惯了他从玻璃镜片后面透出来的亲切的目光，而一旦目光不是透过镜片而是直接射到某个人的脸上，那个人就要小心了。当他听汇报工作不满意时，眼镜便会从鼻梁上滑下来，镜片上方的眼睛眯缝着像在打瞌睡，但眼睛下方的镜片却像睁开的眼睛一样在盯着你。等他满意了，眼镜又会慢慢回到原来的位置，眼睛又会在有点朦胧的镜片的后面很和蔼地望着你。他一般不发火，真要发火时，便会把眼镜推到额头上。尽管朱团长会粗声大气地骂人，甚至用一大桶粗话把你浇个狗血喷头，但下面干部们更怕的还是苟政委，因为他一旦把眼镜推到额头上，不但镜片下面的一双大眼在瞪着你（那双眼睛要比平常在镜片的遮蔽下大出许多），而且眼睛上面的那副镜片也像一双怒眼在瞪着你。有一个挨过训的副连长对我形容过：两个眼睛瞪着你就够厉害的了，乖乖，四个眼睛一齐瞪着你谁吃得消！特别是上面的那双眼，那火气就像是从额头上冒出来的！这大概就是四眼政委这个外号得名的由来，不过我并没有看见过他发那么大的火。在我去体验生活的那段时间里，我很想看一次使那个副连长惊心动魄的景象，眼镜落到眼睛下面的情景是有的，但我却始终没见过他把四个眼睛全瞪起来的样子，我觉得他那张瘦脸上根本瞪不起四只大眼来。某些比较特殊的举动在某些人身上也许只发生过一次，而这仅有的一次就会使一个外号跟随他很长时间甚至一生。苟政委这个外号的得名或许并不属于这种情况，因为不管是瞪着还是眯着，毕竟他是四只眼。

开头三　关于蒙古和国境线

　　面对世界地图，你会感到人类世界的一大奇观就是在原本完整的大陆块上划了那么横七竖八的国境线。只有一些岛国的国境线是浑然由天划定的，如澳大利亚、新西兰、马达加斯加和冰岛等，其他都是人为划定的。国境线的划定显示了不同的民族和文化之间在地理上抗衡的力量。在地图上看国境线只有两种情况：一种是很规范的直线，如加拿大和美国及美国的阿拉斯加之间；还有就是非洲的上部，非洲很有点像一颗大钻石，而毛里塔尼亚、马里、阿尔及利亚、尼日尔、利比亚、埃及、乍得、苏丹之间的那些直线很有些像钻石上被切割出来的棱线。还有一种便是很不规则的曲线，这种曲线的膨胀可以使苏联胖大得在面积上几乎超过了整个非洲；这种曲线的被压缩也可以使智利纤瘦得只成为太平洋边的一溜窄窄的海滩。我想凡是直线国界的划定，要不就是双方都特别干脆痛快地一刀切下去，那边归你，这边归我；要不就是有强有力的仲裁者在代为决定：一刀下去，这边归你，那边归他，已经分定，再别啰唆！总而言之，在这种情况下，大地就是人们盘中的蛋糕。而曲线国界的划定，要不就是依山傍水，要不就是双方锱铢必较寸土必争的结果。我对国界线的兴趣，是从那辆向边防线开去的嘎斯六九上开始的。

　　我想该我来选择一下话题了，最好是严肃一点的，并且和我此行的目的有关。于是问："苟政委，我们边防团所防守的边境线一共有多长？"

　　"二百五十二公里。"

　　"国境线很森严壁垒吗？"

苟政委笑笑，"人们想象中的国境线当然是壁垒森严的，但其实根本没有什么壁垒，也就谈不上森严，壁垒森严只是一种气氛。要是没有这种气氛，也就是空荡荡的戈壁滩，和我们现在看到的戈壁滩没什么两样，只不过每隔十几公里有一个界碑而已。所谓界碑，更准确地说应该是界桩，是一些刻有标号的水泥桩，和碑的形象也有一定的差距。这一段的中蒙边界不像以山为界或者以河为界的边界那么标志鲜明，不但双方的骆驼常常在国境线上跑来跑去，就是汽车一不留神也会开到别人的土地上去。他们要是没发现也就罢了，要是发现了就会在边境会晤的时候提个抗议。"

　　朱团长说："抗议归抗议，吃归吃，哪一回会晤不叫他们装一肚子好东西回去，中华烟茅台酒还往回带。可到他们那儿去会晤可就惨了，那个伏特加难喝啊，那个莫合烟难抽啊，都是老毛子的东西。蒙古可是真穷啊，他妈的一个养羊的国家，连羊肉都不能叫我们吃饱，也不知道他们的羊养到哪里去了。他们的那个莫格尔少校，脸瘦得像个干羊头，可胃像个猪肚子，吃得比我老猪还多。上回在我们这边吃手把羊肉，我吃了一条腿，他吃了半扇羊，他妈的硬是没比过他！"

　　听他们言谈中的边境线，和我想象中的那种剑拔弩张严峻肃杀的边境线相去甚远。我的关于边防线的印象大都是从边防诗中得来的，那种边境线不但像惊险影片中的镜头而且山势险峻、河流湍急、风光迷人。那时候正是冷战最激烈的时候，东西方在进行冷战，而中苏则在漫长的边境线上虎视眈眈持戈相向，随时准备挡开对方先向自己刺来的重重一击。而这两位边防团的首长却用如此轻松的语调在谈论边防线，这超出了我当时的想象力。

　　我说："听你们说起来，怎么一点儿紧张的气氛也没有？"

　　朱团长说："怎么不紧张，够紧张的了。过去平安无事的时候两国的巡逻兵可以并排沿着国境线一二一向前走，只要胳膊不甩到那边去就行，互相还可以扔根烟抽抽。现在统统不允许了，两边的蒙古人亲戚也不能来回走动了。亏好我们对面的只是蒙古兵不是老毛子，要不然就更紧张了。现在蒙古军队里有老毛子的军事顾问。蒙古人听老毛子的，老毛子要是跟我们全面开战了很难说蒙古人不跟着一块儿打。在公鸡头上我们把老毛子收拾得可以；在公鸡尾巴上老毛子也把我们的人收拾得够呛。现在公鸡背上还没什么动静，要是动起来还不知道谁收拾谁呢？"

他说的公鸡头上指的是东北的珍宝岛事件，他说的公鸡尾巴指的是新疆的铁列克提事件，那是两次众所周知的中苏边境流血武装冲突。而公鸡背自然指的就是我们边防团所在的位置了，中国的地图是一只公鸡。

苟政委说，中国原来是一片秋海棠叶子，新疆的喀什和慕士塔格山是秋海棠叶片的顶，叶柄那儿凹进去的地方就是天津和渤海湾，从西南到华南和从西北到东北那两条有些起伏的大弧线是秋海棠叶子两边的边缘，而使中国变成公鸡般模样的就是独立出去的蒙古。它被紧紧地夹在中国和苏联这两个大国之间，要保持中立是相当困难的，只能倒向更强大的那一边。

从地图上看，苏联确实是一个十分庞大可畏的国家，它的幅员实在是太辽阔了，横跨了十二个时区，几乎占了地球经度的一半，巨大的身躯趴在整个亚洲半个欧洲和半个太平洋之上，背上驮着北冰洋，把它叫作北极熊是再形象不过了。

"你们说蒙古夹在中国和苏联中间它像个什么？"朱团长问，不等回答，他就说出了自己准备的答案："他妈的真像个饺子。"过了一会儿，他补充道："不是你们南方人包的那种花哨饺子，是我们陕西人用两手虎口捏出来的饺子。"过了一会儿，他又补充道："羊肉饺子。"

我们刚才中午在吉兰泰的一个连队吃午饭，他们招待团首长的就是羊肉饺子。

嘎斯六九在向正北方向开，天越来越灰，气温越来越冷，风越来越大了。风就是从蒙古吹过来的，那里每年有一半时间为大陆高气压笼罩，是世界上最强大的蒙古高气压中心，也是亚洲季风气候区冬季寒潮的发源地之一。

"关于蒙古和蒙古人，你知道些什么？"苟政委问我。

我所知不多，只知道他们的首都是乌兰巴托，领导人是乔巴山，蒙古人的生活主要是骑马和牧羊。

苟政委递过来一本地图册，"你可以先从地图上了解一下，然后再到边境线上去了解。你有没有仔细研究过世界地图？看地图是一件很有意思的事。现在人人都知道胸怀全球放眼世界，可是真正仔细看过世界地图的人有多少？看出心得体会来的又有多少？"

我打开地图看了起来，嘎斯六九在戈壁上跳动，我的屁股在车座上跳动，一个国家的大致情况在我膝盖上跳动——蒙古位于亚洲中部，面积1566500平方公里，是世界上最大的内陆国。也是世界人口密度最小的国家之一。境内大部分地区为山地和高原，南部是占国土面积三分之一的戈壁（和我们屁股下面的是同一块戈壁）。典型的大陆性高寒气候，夏季短而热，冬季长而严寒且有暴风雪。它东南西与中国为邻，北邻苏联。

"看出点什么和别的国家不太一样的地方来了吗？"苟政委问。

我想了一下："它只与两个国家为邻，一个是盟友，一个是盟敌。"

玻璃镜片后面的目光表示赞赏地闪了两下："小伙子还行，看来能写点东西。盟敌这个说法虽然在外交上没有明确过，但实际上倒也差不多就是那么回事，他们听苏联人的，靠苏联人而存在。"

"还有，"我说，"刚才朱团长说蒙古的形状像一只捏在两只大手里的饺子，确实像。我也看出了它像一样东西，像一张弓，特别是和我们接壤的这一部分，那弧形正好像一张弓的背。和苏联接壤的那一边就不像了，不过根据盟友和盟敌的关系，你可以想象那是一条弦。那条弦是由苏联人握在手里的，在他们认为需要的时候很可能就会用这张弓放出箭来，而且蒙古人本身就是一个善于射箭的民族。"我又加以发挥了一下："而我们边防团在这个位置上就是祖国的盾牌。"

　　"盾牌？嗯嗯，这个说法不错！"朱团长高声表示赞同，"不过我们挡的是苏修的箭而不是蒙古人的箭，苏修亡我之心不死，在边境陈兵百万。至于蒙古人嘛，他们自己是不敢向我们射箭的，顶多被人家当个弓使使，弓拉在那儿，想松也不敢松，想射也不敢射，我看他们也够难受。要是成吉思汗时代，谁敢把蒙古人当饺子看？那时候的蒙古人是擀面杖，亚洲欧洲满世界都是被他们擀得服服帖帖的面皮子，说包饺子就包饺子，说包包子就包包子，说下面条就下面条，谁拿他们也没办法。现在的蒙古人……"他叹口气，摇摇头，"等下次边防会晤我让你见识见识莫格尔少校你就知道是什么样子了，往一块儿一坐我才像高头大马的蒙古人，他倒像是从越南老挝柬埔寨的丛林里钻出来的，脸上干巴巴的起皮，还没有人家印第支那同志的那股水蒸气。"

　　苟政委慢条斯理地说："从人种学上来说，不管是东南亚也好，西伯利亚也好，甚至北美洲的印第安人，只要是黄种人，都算是蒙古人种。不过人种上的蒙古和我们对面的这个蒙古国已经没有多大关系了。就真正的蒙古人来说，一部分住在外蒙古，一部分住在我们国内的内蒙古，他们有像莫格尔少校那样干黑精瘦的小个子，也有像你这样粗大壮硕的大块头。也许你真是个蒙古人的后裔，而莫格尔少校也许混杂有汉族人甚至马来人的血统，这可都是说不定的事。"

111

开头四　戈壁上的蜥蜴

在时间的淘洗之下，很多人物和景物都已经相当模糊了，那在银根的驻地，那最贴近国境线的哨所，都连轮廓也想不起来了，只记得茫茫戈壁上的一片土灰和浑黄。有时候我甚至怀疑在我的生命中是否真有过那样的经历，特别是在一梦醒来时，觉得过去几十年的生命痕迹也不过就是淡淡的一梦。但是有一个当年在戈壁滩上玩过的游戏却还记得相当清楚，可教我玩这种游戏的那个甘肃兵的名字我却怎么也想不起来了。

难得碰上天气特别晴好的休息天时，士兵们洗了军衣和床单被单不是吊在绳子上晒，因为戈壁上很少有能够拴绳子的树，而是到野外去找一块大石头或者一丛红柳，把石头或者红柳上面掸干净或者抖干净，就把衣服被单摊在上面晒。如果是摊在大石头上，就在上面再压上小石头；如果是摊在红柳上，就把被单角系在红柳枝条上。就这样也不敢大意，怕被风吹跑了，得有人在边上看着。这个游戏就是在等待衣服和被单变干的过程中甘肃兵教我玩的。

他抓来一条蜥蜴，戈壁上到处都是这种蜥蜴，戈壁上缺草少肉，也不知它们靠食什么为生，现在我倒是经常从电视屏幕上的动物世界里看到它们同类的身影。蜥蜴很敏捷，甘肃兵的动作更敏捷，他抓住一条，把它肚皮朝上背朝下放在地上，叫我用手压住。蜥蜴的小肚皮凉而滑，如果你觉得恶心，就会很恶心；你要是不觉得恶心，就会觉得手感挺舒服，还会觉得连这种小动物也有的一颗小得不可思议的心脏在你的指腹下剧烈地跳着。甘肃兵腾出手去找来两根小树棍，一横一竖地用草茎扎成一个十字架，在地面上也划出一个十字形的沟，对着太阳把这个小十字架插在十字沟的中心，让阳光下十字架的竖影正好落在浅沟上。他说，好了，便把那条被捕获的蜥蜴拿过来，依然肚皮朝上背朝下地放进那道浅沟里，这样十字架的阴影便压在了小蜥蜴的肚子上。他松开手，小蜥蜴纹丝不动地躺在那里，只是小眼睛惊惶地瞪着，只是胸和腹在急促地起伏着。

"它怎么不跑呢？"我感到奇怪。

"它被影子镇住了，跑不了！"

"怎么会有这样的事？影子又没有重量，它为什么不跑？"我不相信。

"不信你到那边去挡住阳光试试。"

我走过去，我的身影抵消了阳光下小十字架的影子，小蜥蜴翻身跃起，一溜烟地逃窜了。我感到有趣，和他又抓了好几条蜥蜴来试验，结果屡试不爽。当那道影子落在它们的肚皮上的时候，就像是有无限重量把它们死死地压在了地面上，它们只能战栗，无法逃走。而一旦影子被抵消，它们便迅速翻身拔腿而逃。不知这其中有什么奥秘。最后一条蜥蜴，大概是我们忘了释放它，我第二天经过那里时，非常震惊地发现它死在那里了，在那道浅浅的沟里，脊背朝下，肚皮朝上，保持着在十字架阴影下的那个一动也不敢动的惊恐的动作。是因为肚皮上的皮肤不抗晒而被太阳晒死的吗？可是随着太阳的转动那阴影一会儿就移过去了呀。那么它是被巨大的恐惧吓死的，我只能这么认定。这是一只胆小的蜥蜴。

它经不起人的捉弄。

当我现在想起这件事时同时思考的是这种奇特的现象是否还蕴含有某种深意。

人制造一个小小的背景就可以捉弄小动物，那么人是否也会在人类社会所制造出的大背景下被捉弄？并在某种大氛围消退之前也像十字架下的小蜥蜴那样摆脱不掉那一道沉重的影子呢？

起码大自然要捉弄和胁迫人是太容易了。

在向边防开来的嘎斯六九上我就听到过有两个巡逻兵骑在骆驼上被沙暴吹到了国境线那边，好在蒙古国人少，没被任何人发现，经过艰难的跋涉又走回来了。要是被对方发现的话，起码在边防会晤时提一条抗议是少不了的。

嘎斯六九和独卵团长四眼政委都停在了大银根的团部。我换乘了一辆跃进卡车继续向边防线前进，这辆卡车是给边防一连送供给品的，车厢里装着米、面、菜、肉、罐头和食糖，我和司机、班长和上士坐在驾驶楼里。中国军队的军衔取消已经很久了，唯独取消不了的却是"上士"这个军衔名称，在所有的部队，当官的和当兵的都把给养员叫作上士。而这个上士愿意把驾驶室叫作驾驶楼。

车在茫茫戈壁上向前开，出团部不久，就前后左右除了地平线和天际什么也看不到，天是灰蓝的，地是灰黄的，石头是灰白的，不时跑过的几头野驴是灰黑的，连东一棵西一棵稀稀拉拉地长着的红柳、梭梭柴、骆驼刺之类的植物的颜色也是灰暗的。在戈壁上行车，路和非路的界限十分含混，如果那一条地面上石头少些，那就是路。但是戈壁虽然本平坦，但也还有着丘陵般的起伏，而且路是要拐弯的，所以不熟悉这块地方的人要认出哪里是路并不是一件容易的事，就连常来常往的人有时候也会搞错，因为这里一片混沌，缺乏明显的标志。从团部开出大半天了，车始终在这毫无变化的背景上移动，我感觉移动和不移动都差不多。

"还远吗？"我问。

"不远不远，就要到了。"上士说。

又开出一阵，我问："就要到了吗？"

"远着呢，还得再开一阵。"司机说。

远和近完全失去了标准。我忽然发现前方不远外有一大片湖水在戈壁上荡漾着，在阳光下闪烁着诱人的光，顿时大为兴奋："怎么，这里竟然还有一片湖么！"

上士笑道："什么湖？鬼画胡！再往前开你就知道了。"

在我们向那片神秘之湖接近时，那湖水又神秘地消失了，仿佛戈壁是一张存不住水的筛网，一湖碧水在瞬间便流失得滴水不剩。我明白了，那是蜃景，是空气和光玩的鬼把戏。但我从书中所得知的关于蜃景的描写都是极其飘浮华丽的，没想到真的见到它却朴实的像真的一样，肉眼看去，很难辨出是真是假。

开过了那片并不存在的湖水，远远出现了一排房屋，很典型的部队营房，甚至能看得出营房边上的单杠架子。上士说："到了，那就是我们连了，条件差点，恐怕不能和你们山那边的连队比。"

司机却有点疑惑地说："我怎么觉得今天这路有点不对呢？"

上士说："戈壁滩上能开过车的就是路，条条大路通北京，能开到家门口的路就是对的。"

司机说："我还是觉得不对，在刚才那地方我们应该拐弯的，怎么没拐弯就到了呢？"

上士说："别啰唆了，快开吧，开到了还要找人卸车呢！车上的肉恐怕赶不上这顿晚饭了。"

往前开了一阵，营房还在，只是变得有些模糊了，我以为这是光线变暗了的原因。再往前开了一阵，一下子驾驶楼里的三个人全傻眼了，眼睁睁就看着营房忽然不见了，戈壁滩能漏水，难道还能漏下营房不成？又是蜃景。

上士破口大骂了起来："妈的鬼画胡，画到我们营房头上来了！"

司机一下子紧张起来："糟糕，我们恐怕开出国界了！"

上士训他道："你怎也不注意一点儿，瞎开八开的！"

司机说："你叫我别啰唆，快开的，说能开到家门口的路就是对的，这下好，开是开到家门口了，可家却不见了！"

上士说："别啰唆了，要是真的开出了国境，就赶紧调头，这事可不是好玩的！"

正在调头的当儿，他们在我们的视野里出现了，七八个人，骑着骆驼，穿着光板子羊皮大衣，灰乎乎的，我以为是蒙古的牧民，但从上士和司机的神态里感觉到这就是蒙古的巡逻兵。他们显然发现了我们，很快地就来到了我们面前，呈战斗队型散开挡住了我们的去路。司机说："准备打吗？"他欠起了身，想去掀屁股下的坐垫，他有一枝冲锋枪就放在车坐下面。上士摁了一把他的大腿："别乱动，我们是迷了路，又不是来挑衅的。"我们坐在车里，静观事态的发展。

互相观察了一阵子后，领队的蒙古兵小心翼翼地跳下驼背走到车前，咕噜咕噜地说了一通蒙语，那意思想必是你们侵犯了我们的领土之类。

上士打开车门站在踏脚板上，用中蒙参半的语言向他解释："我们不是有意的，我们是迷了路，我们上了鬼画胡的当！"他一会儿指指天上，一会儿指指地下，一会儿用手势绕着圈，指指他手里端的枪，摆摆手；又指指车上装的东西，指指自己的嘴，点点头，总算让对方大致理解了他的意思。

领队的蒙古兵退回去和其他蒙古兵商量了一下，回来对上士说，上士告诉我们他说的意思：我们认为你们不是来和我们打仗的，但是你们还是侵犯了我国领土，这是事实，因此，需要留下你们入侵的证据。

他说完一挥手，三四个蒙古兵仍留在原地不动，两三个蒙古兵爬上了卡车车厢来翻检所装的物品。

上士说："祖国考验我们的时候到了，绝不能让他们抢走我们的东西！"

于是我们三人也翻身爬上车厢，不再去想可能发生什么后果，蒙古兵抱起面袋，我就夺下面袋；蒙古兵扛起猪腿，我们就抢下猪腿。如果是现在，我想我会在他们的羊皮大衣里塞满罐头，如果他们的白板子羊皮大衣有口袋的话，毕竟是我们越出了国界。但那时候，虽然已经站在别人的国土上，仍然有一股子针锋相对寸土必争的英雄气概。在争夺中我注意到：蒙古兵的领章要比我们的简陋，我们的是绒的，他们的是布的。他们甚至连帽徽也是用布剪下的五角星缝上去的。我们穿的是大头鞋，他们穿的是毡靴，毡靴可能比大头鞋更暖和，但是也更笨，而且真的格斗起来踢在人身上也没有大头鞋厉害。他们装备的简陋增加了我们对他们力量的藐视。一场车上争夺"战"的结果是，三个蒙古兵每人抱了一棵大白菜跳下车去作为我们越境的证据，我们在上士的眼色下没有理却有利有节地结束了对抗。他们留下了证据，便放我们返回了。现在想来那一个班的蒙古巡逻兵真是厚道之极的蒙古人，他们完全可以把我们连人带车全都扣压下来，只要从车坐下面搜出那支冲锋枪来，硬说我们挑衅我们也没办法。可是他们只是扣压了三棵大白菜。

迷离的暮色中，我们开车返回我们的国土，他们骑骆驼返回他们的驻地。在背影中，我觉得扛在他们肩上的那种比我们的装备陈旧得多的老式步枪就是毛瑟枪，不是原本意思上的毛瑟枪，而是一种在寒风中瑟瑟发抖的枪。

我忽然想道："我们怎么就糊里糊涂地越了界，界碑在哪里呢？"

上士道："十几公里一个桩，和石头沙地差不多颜色，不仔细找，谁能看出来。"

开头五　叛逃者

就在我到边防团来体验生活的期间里，在边防团的防区里连续发生了两起叛逃事件，气得朱团长那唯一的卵子也差点掉下来；气得苟政委想必那四只眼里都直冒怒火。叛逃的两个人一个是边防二连的战士，一个是从师里下来工作的宣传科干事。

战士的叛逃是因为入党不成，提干不就，和班长吵了一架，被排长训了一顿，又听说连里还要给他处分，脑袋一热就携枪逃了过去。谁知道过去以后连个蒙古国的人影也见不到，又渴又饿地走了两天，实在受不了了，又狼狈不堪地爬了回来，被巡逻队发现时已经半死不活了。而他这两天的失踪可把连队折腾苦了，营长教导员坐镇连里，全连上下夜以继日地四处寻找，一致断定他已睡在蒙古人的营房里做大头梦时，却在国境线边上看到了这个气息奄奄的家伙。还好，总算没把枪扔在别人的国土上，虽然枪托已在戈壁滩上磨掉了一小半。看在过去战友的分上，给他吃了，给他喝了，又让他睡了一觉，然后，送往军事法庭发落。在往团部送的路上可没让他舒服，把他捆在一个空气油桶上放在卡车后面，一路哐啷响着后面开去。送走了以后二连的人还骂不绝口，妈的，怎么英雄连队会出这么一个败类！自然，连长和指导员的提升将大受影响。

全团正为这事总结经验教训时，没想到又跑了一个，这回跑的不是团里的人，而是师里下来的宣传科肖干事。这个肖干事我认识，是个高干子弟，笔头子厉害，关系也硬，在师里很受重用，谁也想不到他会趁下边防的机会跑掉。有一次在师里我到宣传科去办事，碰见他正在办公室里摆弄录音机，那时候盒带式的录音机在国内还没有出现，我还是第一次见到录音机，很笨重的铁盒子上有两个卷着磁带的大盘子在慢慢转动着，满屋子充盈着一种雄浑激昂的音乐，我也是头一次听见这样的音乐，后来我才知道那是贝多芬的《第五交响乐》。

"坐下来听听，感受一下真正的音乐！"他对我说。

"这就是报上批判的无标题音乐吗？"我试探地问。

"这是老贝的英雄，比咱们样板戏里的英雄怎么样？"

"确实和样板戏的感觉不一样。"音乐很打动我，但是我却觉得有些忐忑不安，因为这样的音乐显然是被排斥在革命的正统文艺之外的。

"这让听吗？"

他有些不屑地看看我，"你想当英雄吗？"

我不知该如何回答。他说："这年头是个兵就想当英雄，可当英雄是需要胆子的，没有点敢冒天下大不韪的精神，能当个鸟英雄！"他故意把音量拧大，隔壁的科长肯定能听见，可并没有过来干涉。我一直坐在那儿把曲子听完，同时在琢磨这个有点胆大妄为的人。临走时他拍拍我的肩膀说："要想有出息，自己心里想干的事就只管去干，别管让不让！"

没想到这个人把他的胆大妄为用到了叛逃这件事上。开始没有人认为他会叛逃，他的父亲在北京当官，他在师里虽不能说前程似锦但也各方面都还不错，他干吗要叛逃呢？所以当他在二营营部借了一个当司机的北京老乡的北京吉普说要开到大戈壁上去过过车瘾直到晚上还没归营时，大家都以为要不就是迷路了要不就是车抛锚了。派人出去找了一晚上未果，第二天又找了一天也不见踪影，这才觉得事情不妙，但仍不能肯定他是跑到国境线那边去了。即便是不留神越过了国界，也不会是叛逃，而是被对方扣留。

直到半个月以后，当他的声音出现在蒙古电台的对华广播中时，他

119

的叛逃才成为铁定的事实。看来他在对方的电台播音中找到了自己的位置，连篇累牍地发表对国内政治形势的分析和攻击。而且他在播音的间歇里，还播放贝多芬的《英雄交响乐》，好像他真的成了英雄。

自然，按规定这种广播是不许收听的，但因为这个播音者是从我们师里跑出去的，所以都忍不住想听听这家伙到底在说些什么。

这是一个很严重的政治事件。朱团长和苟政委受到指示，在边境会晤时向蒙古方面提出严正抗议，并向蒙方索要此人。

人，蒙古方面自然是不会交还的，并且也向我方提出抗议：不久前中方就曾有人有车越过边境侵犯了蒙方领土，有三棵已经冻得半透明了的大白菜为证。

会晤回来朱团长便大骂莫格尔少校，东西吃了，酒喝了，烟拿了，不但不给人，还向我们提抗议。决定下次会晤绝不再上茅台酒和中华烟，不再有好酒给他们喝，给他们抽阿尔巴尼亚烟也就不错了！

苟政委说你骂莫格尔少校有什么用，他能给你人吗？人家好不容易得了个宝贝。

朱团长说："我看见那个莫格尔就不顺眼，不就是个放羊的瘦老头嘛，肩上神气活现地扛上两个硬牌子就成了少校！"

苟政委说："你不要不服气，也不要看不起他，人家在边防干了二十多年了，还是蒙古中央的候补委员呢，在人家国内的政治地位比你我都要高得多！"

朱团长说："他地位高有什么用，反正只要我不上茅台酒了，他就再也喝不上茅台酒！我们要不拿烟了，他们连阿尔巴尼亚也抽不上！妈的，怎么肖干事那小子偏偏要跑到那边去呢？也指望将来当蒙古人的中央候补委员吗？"

正题　莫格尔少校的越境事件

现在，在我东一榔头西一棒子地写下了在那段边境的经历中我还能记起来的一些事情之后，终于要进入使我的这篇文字可以称之为小说的那个中心事件了。

一九七四年十二月初的一天，蒙古人民共和国某边防站站长莫格尔少校就要卸任，调往乌兰巴托任职并出席即将在首都召开的蒙古劳动党的中央全会。他已经在边防线上干了二十多年了，这次的调任既是对他的提升也是对他的照顾。老边防了，他的在蒙古人中少见的黑与瘦恐怕与他在边防岗位上的辛苦操劳不无关系。这次调动对他和他的家人来说都是一件喜事，就要离开戈壁滩上的恶劣环境，去首都过另一种较为舒适的生活了。但是他对这条边防线显然是有着很深厚的感情的，因为他的半生时光都耗费在了这里。出于这种感情，他决定在临走前把这条边防线再好好地看一遍。他开了一辆苏制嘎斯六九（也是嘎斯六九），不要人陪同，大概是想单独地进行一次情感体验。在他管辖区内的这一百多公里边境线，有大半天时间也就可以跑下来了。当然，到每一个点上还要和部下们告别，这样有一天时间也够了。傍晚时分，在他就要结束这对边境线最后一次视察时，不知道是老眼昏花看错了路，还是受到了上次诱惑过我们的蜃景的拐骗，他发现他无意中竟越过了国境线来到了中国的这一侧，界桩就在他身后不远处，中方编号是第 39 号，蒙方编号是第 24 号。他一下子紧张了起来，在他长达二十几年的边防生涯中还从未出过这种差错。他踏上中国领土的次数不少，但都是作为边防官员堂堂正正地进入的，中国方面的招待每次都给他留下深刻印象。他有一条原则，在蒙古吃不到的好东西尽管吃，中国人让拿的话带回一些

121

也无妨，但是原则问题决不让步。其实过去两国边防人员的关系还是很松弛的，牧民们来来往往都不算个事，只是到了二十世纪六十年代后期才逐渐紧张起来，但也还远没有到中苏边界上的那种紧张程度。但是作为一个边防站站长越过边界，这无论如何是一件有点严重的事，而恰巧在这关键时刻发动机熄火，怎么也发动不起来了，他不由得急出了一身冷汗。如果放弃车辆，马上回到边境线属于自己的那一边去，显然是一个安全的做法；但他舍不得这辆车，也不想把车留在中国境内给中国人留下提出抗议的口实。他掀开车盖来修车，摆弄了一番化油器滤清器，正想坐回方向盘前去试一下，却发现一队中国巡逻兵已经来到了他的面前。他放弃了开动汽车的努力，因为这样做很可能遭到对方误解而引起枪击，他只能等中国人走到跟前来向他们说明原因，他是会一些汉语的。

中国军队的士兵和军官都没有军衔标志，他知道军官和士兵的区别是穿四个口袋的军服，而士兵只有两个。至于军官的大小，就得靠自己的观察能力了。他估计那向他走来的中国军官是个排长或者副连长，而他是少校，按理说中国军官应该先向他敬礼的，但是中国人没有，中国人显然不管这一套。中国军官很严肃地向他指出：他入侵了中国的领土！

他连忙解释：他迷了路，他走错了方向，他完全是误入贵国领土，这是一起没有任何政治背景的偶然事件，希望能够得到贵方的谅解。

中国军官指着他腰间佩带的手枪说："你是携带武器驾驶车辆闯入我国领土的。"

他解下手枪说："我不可能用一支手枪来向贵方进行攻击。另外正当我发现了误入贵国领土准备退回时，不巧我的车坏了。"

中国军官坐上了他的驾驶座，发动了一下车，发动机腾腾腾地转了

122

起来，说："你的车并没有坏。"

他说："我刚刚修好，可以允许我把车开回去吗？"

中国军官说："恐怕不行，在没有搞清楚你闯入我国领土的真实意图时，我们不能擅自放你回去！"

他叹了一口气，知道他已经栽在了最后一天的任期上。他的政治前程，他的军人的荣誉，他的党代会的代表资格，他今后可能过上的较为舒适的都市生活，全都在一次迷路事故中迷失了，而绊倒他的正是他认认真真地守护了二十多年的国境线。反抗是没有意义的，只能增加麻烦，他只能听任那个年轻的胡子还没有长硬的中国军官指挥几个士兵坐上了他的吉普车，把他押往中国边防军的营地。

这下朱团长和苟政委有事干了，在中蒙双方的边境会晤中被他们正式接待过许多次的莫格尔少校忽然之间变成了被带到自己大本营里来的俘虏，该如何接待这位非正式的客人可是一个问题。他们立即报告上级，同时腾出团里的小招待所让莫格尔少校住了进去，并专门派了一个班严加警卫。

上级的指示很快就到了：不管越境是出于何种原因，扣压并给以礼遇，并作为向蒙方交换叛逃者肖某的条件。

两位边防团的主官对莫格尔少校的非正式来访进行了礼节性的看望，但谈话是艰难而沉重的。

莫尔格少校首先对自己在没有受到邀请的情况下进入中国领土表示歉意，同时声明自己对中国领土的进入是因为迷路而非有意入侵。

朱团长说越境事件的性质需要经过调查方可确认，希望少校在中方的调查过程中予以合作。但不管是出于什么原因，既然来了，作为老对手和老朋友，他会受到应有的礼遇。他指着现在只由莫格尔少校一人居住的小招待所说，已经为他准备了最好的房间，并告诉他他在这里居住时每天的伙食标准是二元五角，这是中国国家级运动员的标准，而中国边防士兵包括军官的伙食标准是每天七角二分。

莫格尔少校对中国方面的接待规格表示感谢。他再次声明他是无意中误入中方领土，希望能让他尽快地回到蒙古去。他没有说他还要赶到乌兰巴托去参加蒙古党的中央全会，对这次会议他只能永远地缺席了。

苟政委说，既来之，则安之。当然这话翻译成蒙文以后其中的古典文学味道已经没有了。他认为莫格尔少校的越境事件和前一段时间中国军官肖某的越境事件在外交上属于同一性质的事件，需要中蒙双方进行外交上的磋商来解决。

莫格尔少校有些激动，他说上一次边境会晤你们曾提出索要肖某的问题，但那不是属于他这个边防站长权限以内的事情。

朱团长冷静地说："所以是否让你回去也不是我们边防团长官权限以内的事情，我们都代表各自的国家。"

莫格尔少校不再说话。礼节性的看望到此结束。

此后很多天莫格尔少校都不再说话，原本就黑而瘦的脸因为沉默而愈加黑瘦。每一次对他进行军事情报方面的审问他都沉默着一言不发，而对这样特殊的俘虏是必须优待的，并且蒙古方面其实也没有什么不得了的军事秘密需要了解，所以也只好由他一言不发。让人感到唯一欣慰的是他的食欲不受影响，每一餐送上的饭菜都统统吃光，让炊事班惊讶的是，这么个瘦小个子怎么会有那么大的饭量。

但是莫格尔少校的健康问题是一个使朱团长和苟政委担忧的问题，虽然他很能吃，却整天坐在房间里一动不动。万一他心情不好消化不良生一场大病死了，对上级对蒙古都不好交代。负责他健康的军医说，抑郁的心情和静止不动的生活显然会危害他的身体，希望能让他经常活动活动。怎么活动呢？既不能让他骑骆驼也不能让他骑马，而且也不能让一个蒙古军官在中国军队的营房里到处散步，于是苟政委突发奇想，在他住的小招待所里放上一张乒乓球台，让看守他的战士们像轮流站岗一样每天轮流和他打乒乓球。

开始莫格尔不为所动，战士们只能自己打着玩。但是看着乒乓球不停地蹦了几天以后，闲极无聊的莫格尔少校终于忍不住了，表示也愿意和中国士兵玩玩。开始谁也没把莫格尔少校在球台边当一回事，因为他动作难看，步伐迟缓，一看就是一副不会打球的样子，之所以要陪他打球那是政委交给的任务。但是几天打下来，战士们吃惊了，所有看押他的战士都上过场了，居然没有人能赢他。战士们自己和自己打时，抽杀、推挡、提拉，再加上不时地削一板，一个个打得生龙活虎。但是和莫格尔少校对打时，尽管你看不上他的那个姿势、那个动作，却每个人都憋了一身的劲还没使出来就稀里糊涂莫名其妙地败下阵来。

这时候我已经从边防一连回到了团部，目睹了莫格尔少校打乒乓球的情景。

他是直拍握法，却偏要选一个长把的横式球拍，左手拇指和食指扣成一个环圈住球把，手臂佝偻着缩在胸前，怎么看怎么别扭。而且他只会一种打法，就是搓球。不管对方过来的是高球低球上旋球侧旋球，他一概不抽不挡也不吃转，一概以不变的下旋球搓回去，搓得球紧贴着网子落下去，让你无法起板。他神情木讷，动作笨拙，每搓一下脖子也跟着伸缩一次，永远温而不火，却让你无法攻杀。等你终于忍受不了他这种慢吞吞黏糊糊湿漉漉的打法奋而起板扣杀时，你的球不是下网就是出界。当然也有打中的时候，打中了他就没办法了，他绝对不会推挡也打不出漂亮的回头球，但是你打飞的球远远比你打中的球多。他也并不是没有失误，但他失误的球远远比你失误的球少。他动作怪僻地挥着一把钝刀子，却令进攻一方的利剑怎么也刺不中他的要害。如果你是输给一个像张燮林那样的削球高手倒也心悦诚服，但你输给的却是一个除了搓球什么别的打法都不会而且搓起球来还动作极其难看的蒙古人。

被连续失败激恼了的战士们商量一定要想个办法击败这个根本不会打球却也不会输球的莫格尔少校，我参加了他们的战术研讨会，研讨的结果是：克敌制胜的法宝只有一个，就是弧圈球。但是弧圈球谁也不会打，最后这个研制新式秘密武器的光荣任务交给了我。那时候所向无敌的中国乒乓健儿们已经在世乒赛上尝到南斯拉夫人和瑞典人弧圈球的厉害了。我以前只是在一本乒乓球的书上见到过弧圈球的打法，那是要让球拍在高速上拉的动作中极薄地擦击球边，使球以高速上旋的弧圈形线路落到对方的球台上，球落台以后不是以正常的线路弹跳，而是神经质般地猛地向前一冲，使对方在措手不及中失掉一分。以弧圈球的机敏来对付莫格尔少校的迟钝的锉刀实在是一个很好的想法。于是我在另一张球台上猛练了三天弧圈球，开始每每拉空，等拉中的概率到了百分之五十时，便按捺不住地去对莫格尔少校小试牛刀了。

莫格尔少校在他的小招待所里已经习惯了球台上的胜利，开始并没有把这个新上阵选手放在眼里，依旧把球一板一板黏糊糊地搓过来。我开始拉弧圈了，第一板，空的；第二板，还是空的。第三板，球在球拍的猛力擦击下划了一个高高的弧圈落在他的球台上，他并不打算扣击，依然想以不变应万变地把球搓过来，但是这次他的搓球动作却慢了半拍，等他搓出去时，球已经撞到了他的怀里。他有些疑惑地看着那个本应搓到却没有搓上的球，觉得今天这球的运动有些不同往常却又搞不清不同在什么地方。他那恍惚的神态让观战的战士们乐坏了，这个咬不烂的牛皮糖终于碰上了克星。初试成功极大地激发了我的竞技状态，而球的不规则运动则动摇了莫格尔少校稳定的心理，接球时不断出现的慢半拍现象使他的马其诺防线开始溃散，这时他的搓球才显出明显的弱点，因为搓球是一种并不具备进攻威力的打法，他原来只是在等对方不耐烦时自己失误；而我却因为他没有进攻的威力尽可以放心大胆地拉弧圈而不用担心被一板打死，只要我把球拉上了他的球台，他迟钝的反应能力便只能眼睁睁地看着球从他的球拍上滑过，这使他感到懊恼，而懊恼又更加使他阵脚大乱。他执意要换一个球，但是换了球以后他依然搓不到。陪公子读书的战士们终于看到了莫格尔少校的失败。

只在那一天的中午，他的饭量减了一半。但是到了晚上又恢复正常了。虽然失败使他不快，莫格尔少校并不是一个输不起的人。

在中蒙双方为了莫格尔少校的越境事件而举行的边境会晤上，蒙方拒绝了中方用莫格尔少校交换前不久越入蒙古境内的肖某的提议；而中方也不愿轻易地交还莫格尔少校，于是莫格尔少校只好住在边防团的小招待所里，吃他两块五标准的伙食，每天和看守他的中国士兵们打乒乓球，只是有了弧圈球以后，他的搓球不再是不可战胜的了。

后来独立师举行乒乓球赛，边防团代表队让全师刮目相看：竟然会拉弧圈球！他们不知道，这弧圈球是在莫格尔少校的搓球面前练出来的。

题外 元旦的晚餐

汉字的一大优点是：可以通过对某些字的拆解和组合来说明某种哲理。比如说"鲜"字，左边是鱼，右边是羊。你可以理解为水中生长的东西最好吃的是鱼；陆地上生长的东西最好吃的则是羊。山不厌高，水不厌深，脍不厌细，食不厌精，这是人们在精神和物质方面的不懈追求。但是当你在精细的食品中耽溺了太久之后，才会猛然想起最好吃的东西原来是那些最原始最粗率的吃法，在对食物的理解上经历一次

127

复归。

在我所读过的所有对吃的描写文字中，最精彩最诱人最使我心动的是苏联作家阿斯塔菲耶夫的《鱼王》一书中《鲍加尼达村的鱼汤》那一章里对俄罗斯北方叶尼塞河流域渔民们的村野鱼汤的描写——

月桂片随着沸水翻滚，白色泡沫在锅心卷成了一个漩涡。在这个漩涡里飞转着花椒末子，以及飞落在锅里的炭粒、柴灰、蚊虫。值班人拿来了一筐洗净、切好的鱼肉。这儿有乳白色的、剖成两半的大聂利玛鱼的鱼尾，有依然在动弹的、撞击着箩筐的鲟鱼的鱼翅，有外形美观、发出褐色光泽的折乐鱼……鱼肉哗啦啦地倒进锅里，刚才还在沸腾翻滚着的锅子再次安静下来，冒泡吐沫的沸汤也已停止翻滚，不再在毛毛糙糙的锅壁上拍溅发出咕咕的声音……有好一会儿，一块块鱼肉杂乱无章地堆在锅里，只是从下面开始有点掀动，隔不多久，星星点点的油花就浮出汤面。开初，成团的油脂在锅里零落翻滚，但羹汤从底里开始翻动，一阵紧似一阵，没过多大会儿，就有一两块聂利玛鱼肉或者肥美的鱼尾鱼翅升腾而上又翻转而下。鱼汤的色泽由清而浊，像翻腾的云雾，蕴蓄着炽热的力量。鱼油起先只有五戈比银币那么大，后来变得有金卢布那么大了。最后，汤面上的鱼油竟像覆盖了一层熔金。在锅里甚至有什么东西清脆地响了起来，就好像是熔化的金粒滚动着叮叮当当地掉到了这口大铁锅的底部。聂利玛鱼肥大鱼尾首先冒了出来，带着鱼翅的白鲑翻上翻下，但很快被煮得身首异处；蜷腹曲背、懒洋洋地张着嘴巴的折乐鱼随势而上，又急转直下，尖尖的鲟鱼头浮出汤的表面，滴溜溜地打转。好一场鱼儿的环圈舞！一块块鱼肉——白花花的，粉红的，鹅黄色的，带有鱼翅的和不带鱼翅的——全在锅里翻腾，冒起来，沉下去。只有灰不溜丢的聂利玛鱼的鱼尾能在上面浮上片刻，但不久也像秋天的落叶一般飘落锅底。

　　叶尼塞河在比蒙古更北的地方，它的河水流向北冰洋。在那样寒冷的自然环境里人们显然需要这种热烈的鱼汤。

　　而在我所有吃的经历中，能够和这锅轰轰烈烈的鱼汤相比一下的，只有在戈壁滩上篝火煮出来的手把羊肉了。所以当我读到对这一锅鱼汤的描写时，我大脑的左半球灌满了鱼汤，大脑的右半球则盛满了大块的羊肉，整个头里塞满了一个鲜字。

　　我是在吃完了一九七五年的元旦晚餐后结束了我对边防团的生活体验的，那是我最后一次见到莫格尔少校，也是第一次和他在一起共进晚餐。晚餐的地点不是在食堂里，而是在团部外面的戈壁滩上。边防民兵营的蒙古族兄弟赶了一群肥羊来慰劳部队，他们在那里支起帐篷，就在帐篷边上为团部的官兵们准备了一顿羊肉宴。

　　篝火在黄昏的戈壁滩上燃烧了起来，一堆又一堆，一团又一团，每一团都像一朵盛开有波斯菊。烧的柴是一种戈壁上特有的叫梭梭的灌木，这树的木头松而空，很粗的一根也没有太多的重量，除了烧火，派不了别的任何用场，但烧出来的火却无与伦比。这种灌木在它活着的时候从来都是灰溜溜的，似乎连开一点最细小的，最不起眼的花也不会，可它像煤一样，似乎就是为了燃烧而准备的，一旦燃烧起来，从它疏松的木头空隙中每一个缝里都冒出火苗来，而每一个火苗都是一个艳丽的花瓣，无数花瓣交织成一朵怒放的鲜花，那种妍美只有在如风的海水中飘动的海葵才可以相比。

每一堆篝火上方都架着一只行军锅，不像由支架吊着的，像是由火苗们奋力托举起来的，与火苗们一壁之隔的是一锅清水，调料只不过是散落在锅底的一些花椒大料而已。每一只行军锅的旁边都有一个班的人数在围着它忙碌或感觉是在忙碌，这是作战和吃饭的最基本单位。每只锅边上都卧着一只肥羊，它们的皮已经被剥去摊在地上，而健壮的筋肉被剁成大块堆在皮上，待水翻开了细碎的波浪，就可以投进锅里。手把羊肉是典型的蒙古人的吃法，今天在我写到这儿的时候才意识到，围在锅边吃饭和围在桌边吃饭，这是游牧民族和农耕民族的一大区别。而且吃"饭"也是一个极其汉化的概念，农人的主食是谷物，牧人的主食则是大块大块的肉。

因为我第二天就要离开，朱团长和苟政委执意要我和他们在一个锅里吃，这是一种待遇，也是一份亲切，我只能从命，尽我的努力把火烧得更漂亮些。那些大块羊肉——整块的腿、强韧的腰、硬挺着的脖子，不肯瞑目的羊头，在水中渐渐变色，它们收缩肌肉，从被宰割后的分散松懈状态重新变得充满了力量。它们一生辛勤咀嚼从草中聚集起的热能开始在锅里散发了出来。当肉香越过火苗边缘飘出来时，司务长跑来请示：莫格尔少校怎么吃？是继续吃他的两块五呢？还是弄两块羊肉给他送去？

团长和政委对视了一下说："还是把他请来和我们一块儿吃吧，过元旦嘛，在我们这儿住着好歹也算是我们的客人，他当边防站长时每年我们都要请他几回，现在当我们的房客也不能太亏待了人家，老苟你看呢？"

苟政委点头："我看可以，带他到这里来会餐，不过警卫工作要做好。"

莫格尔少校被带来的时候，锅与锅之间的肉香已经弥漫成一片了。

每只行军锅边都有一个蒙古族民兵在他们营长的带领下唱起了酒歌，咿咿呀呀悠长的歌声如篝火上飘开的烟带一样在暮色中的戈壁上弥漫开来，各人唱出的歌词和旋律不尽相同，但是风格却完全一致，这是一种大碗喝酒大块吃肉，骑着骏马奔驰赶着羊群迁徙，顶着一片完整的苍穹并住着像苍穹一样的蒙古包，因为看不到大地的褶皱可以一眼就望到天边的民族才能唱出的歌。和山地民族跌宕的山歌和水网地带婉转的小调全然不同。现在想起来那一片歌声是一个无与伦比的大合唱，可惜所能记起的只是那种气氛，歌词和旋律都无从记起了。

我看见在乒乓球台前沉着稳静的莫格尔少校在歌声中却显得十分心情躁动，坐立不安，仿佛肌肉酸胀难忍，浑身的骨节处都有草籽在发芽。民兵营长自然知道莫格尔少校的身份，他们是同一个民族的人，却属于两个国家，这两个国家因为与另一个国家的关系在边境线上紧张地对峙着。他们现在同在一口沸腾着的行军锅前坐着，一个是待客的主人，一个是被软禁着的俘虏。因为有莫格尔少校的加入，我们这一圈人的气氛显得比其他锅边的要拘谨一些，只是一边吃肉，一边赞美着这种粗犷的吃法。民兵营长给在座的军人都敬了一碗酒后，把酒碗递到了莫格尔少校面前，并不说话。莫格尔少校接过碗一饮而尽后，终于冲破了一直在折磨着他的某种禁锢，站起身放开喉咙高声唱了起来，唱的是和民兵们同类的酒歌，他的声音虽然扁而嘶哑，音量却不小，而且还有一种能牵动人心的韵味，在这之前，很难想象这个又黑又瘦长得十分拘束的人会唱歌而且还能唱出如此舒展的歌。随着歌声的飘开，他精神上的躁动感平息了，身体上的不适感也消除了，他的躯干和四肢甚至随着歌声有些微微地舞蹈了起来，好像被风吹过的牧草。唱着唱着，他那张黑瘦的脸显得明亮了起来，再唱着唱着，眼泪从他干涩的小眼睛里流了出来，还有一条鼻涕也加入了眼泪的流淌。

131

大家手上抓着羊肉却停止了咀嚼，等他唱完一起由衷地叫好，包括朱团长和苟政委。苟政委把酒倒满了他的碗。朱团长从锅里拎出两大块羊腿肉，一块递给他，一块自己拿着，对他说："上回在你们那里吃手把肉，我愣没吃过你，今天我们再来比一下！"于是两人不说什么，低头猛啃羊腿。吃到只剩羊腿巴骨时，朱团长双手一用劲，咔巴一声，骨头断了。莫格尔少校也去掰那另一条羊腿上同样的羊腿巴骨，第一次没掰断，第二次稍稍借了一下膝盖的劲，骨头断了。俩人哈哈大笑。苟政委的四只眼里也满是笑意。

又是几碗下肚，朱团长居然走到莫格尔少校身边拍拍他的肩膀叫他老莫了："老莫，放开你的肚子，今天我们吃个痛快！"

莫格尔少校看看行军锅里，羊肉已经快捞完了。朱团长指指帐篷那边说："你放心，有的是羊，你能吃下多少？"

民兵营长已经提起刀准备再去杀羊了。

莫格尔少校忽然站起来说："可以让我为你们去杀一只羊吗？"他见朱团长一时没做出反应，补充道："为你们做一个真正的蒙古人的吃法！"他已有醉意，仿佛忘了自己的身份而和民兵营长一样成了以羊待客的主人，他向他走去，想要他手上那把用来杀羊的刀。

民兵营长当然不敢把刀给他，他看着朱团长和苟政委，不知该怎么办。

莫格尔少校似乎感觉到了有什么不妥，但他固执地站在那儿，本来热烈的气氛有一点僵了起来。他转过身来面对朱团长和苟政委："我的意思没有说清楚吗？我想去杀一只羊，为你们做一个真正的蒙古吃法！我们蒙古人不会说一套做一套，我以军人的荣誉保证，我想要那把刀只是为了去杀一只羊！不会有任何别的目的，我真的很想去杀一只羊！"

朱团长和苟政委再次对视了片刻。在边上的警卫班也密切注视着这里的动向。朱团长走到民兵营长身边拿过那把刀，看着莫格尔少校说："我也以军人的荣誉相信你！"便把刀递到了莫格尔少校手上。在莫格尔少校握住刀把的那一瞬间大家都很紧张了一下，但他接过刀就向羊栏里走去，从里面拖出了一头羊，于是大家都目睹了一场精彩的宰羊表演。

莫格尔少校不需要助手，一个人放血、剥皮、开膛，动作熟练得如同庖丁解牛。他扒出羊肠子来，热而滑的羊肠子像一条蛇一样从他双手间游过，肠子里的羊粪便源源不断地从肠子的另一头被挤了出来。能把那么黏糊那么拖泥带水的活干得如此麻利如此具有歌唱性和韵律感，实在让人佩服。把肠子撸完，他请民兵营长帮忙，把接在盆里的还没有凝结的羊血灌进羊肠子里，两头一扎，扔进锅里。然后他用蒙语指挥几个蒙古族民兵把篝火烧旺，并捡来许多拳头大的石块放在火堆里烧。他把剥下来的完整的羊皮四个腿处扎好，只留下脖子那儿的一个口子，成了一只皮口袋。他再把羊肉切成比鸡蛋大些的块，让民兵们往肉块上撒上盐、花椒和大料，把切好的羊肉装进羊皮口袋里去，做完这些事后那些捡来的石块已经在火堆里烧得滚烫了。他要了一把步兵锹，从火堆里铲出滚烫的石头也往装了羊肉的羊皮口袋里装，口袋里发出哧哧的声音和热气。把石头都装进去以后，他便扎紧了羊脖子，把羊肉块和烧热的石头块全都封在了羊皮口袋里。他像那达慕大会上的摔跤手一样，一边哼着歌一边把装着羊肉和热石块的羊皮口袋掀过来翻过去，一会儿扛在肩上，一会儿扔在地下，折腾得满头大汗，看得出来，他在做这一切时心情极为愉快。这时候的莫格尔少校成了一个完全陶醉在自己的劳动中的蒙古族牧民。

别的锅边的会餐已经接近尾声了，而我们这一锅却正是方兴未艾、高潮迭起的时候。在他翻腾着羊肉口袋的时候，民兵营长从锅里捞出了那根长长的血肠——一根完整的羊肠子，灌满了一只整羊的血——盘在行军锅的锅盖上。先是整根血肠都蒸腾着热气，等稍稍冷却些以后，每切开一段，扑哧扑哧的热气都从肠子的断面处冒出来。莫格尔少校这时的感觉完全成了主人，端着锅盖走到每一个人面前，说这是世界上最好吃的东西，执意要每个人都尝上一段。不吃显然是不礼貌的，朱团长不怎么在乎，稀里呼拉就吃了一段下去；苟政委多少有点犯难，吃的时候把四只眼全都闭上了，眼不见为净。我不知道我是怎么把那段肠吃下去的，回忆中的感觉只剩了一个字：烫！那可是真正的一腔热血啊，从喉咙口一直烫到胃里。

二十分钟以后，莫格尔少校割开了那只把热石头和羊肉都封在里面的羊皮口袋，从那里面喷薄而出的香气使所有周围的人都为之倾倒，羊肉和石头已成了一个颜色，大家伸手下去抓，硬的是石头，软的是羊肉，羊肉被石头烤熟了，滚烫；石头被羊肉同化了，喷香。于是重新倒酒，重新开宴，重新唱起了咿咿呀呀的酒歌，羊肉的热力从每个人的浑身肌肤里透出来，把夜半的戈壁烘烤得寒意全无。

民兵营长早已仰倒在火堆旁呼呼大睡了，莫格尔少校显然打算一醉方休。朱团长虽然酒量过人，但身体已有些飘摇起来，只有苟政委的四只眼依然清澈而警醒。

又是相对干了一大碗之后，莫格尔少校忽然把朱团长拉到一边，十分神秘又十分庄重地对他说："自从我到你们这里来以后，一直对贵方守口如瓶。但是今天，我想给你透露一个我们军方的重大秘密——"

朱团长的酒意一下子就醒了，很有些惊讶地看着莫格尔少校，难道这家伙只要肚子里灌满了酒肉就什么都可以吐出来吗？

莫格尔少校依然表情严肃："我要告诉你的这个重大秘密啊，就是——我们蒙古啊，没有海军！"

停了有两三秒钟，朱团长和莫格尔少校同时放声大笑起来，笑得流出了眼泪，痛快淋漓。朱团长的大拳头擂得莫格尔少校直晃："你们这些蒙古人啊！你们这些蒙古人啊！"

　　后来莫格尔少校怎么样了？他又在边防团的小招待所里住了多久？什么时候回到蒙古的？有没有用他换回那个叛逃的肖干事来？我就不知道了。后来我又干脆把他忘了个干净，连同那条看不出明显标志的国境线。但是很多年以后，我却又重新想起了他，从尘封的记忆里挖出了这个黝黑干瘦的、沉稳坚忍的、并且带有一点幽默感的蒙古人。

（原载《钟山》1997 年 3 月号）

漂泊的湖

从沙漠到湖泊

我老了。现在的我，只能终日困坐书房。

好在我的书房就是一个世界。地球上任何一个地方，都被包含在我的四壁书架之中。我的面前横陈着欧亚大陆。欧洲部分，从写字台的边缘垂落下去；辽阔的中亚，被一只沙漏和一杯水压在桌面上。而在沙漏和水杯之间，便是我曾数度出入的塔里木盆地。那个盆里，究竟装着些怎样的珍宝，使我对它向往了一生？

我凝视着这两件玻璃器皿：一只沙漏和一只杯子。

沙漏中的细沙在慢慢流动着；而杯中的清水，因为刚被喝过一口放回去，也在微微地波动着。

我面前的世界多么单纯，只有这两样东西：沙和水。它们是多么不同，却又何其相似。是液体，却会凝固；是固体，但会流动。在漫长的时间里，沙在流动，水也在流动。而我的使命，或者说我的宿命，就是穿越沙漠，扑向水泽……

我最危险的一次探险，是我三十岁的一个清晨从中国新疆的麦盖提村出发的。我的头号仆人伊斯拉木巴依牵来八只骆驼，使我的爱犬约尔达斯受了惊，它冲着那些陌生的家伙大声吠叫。向导约尔提自信地拍着几只大水桶，告诉我从这里到和田河一共不到二十天的路程，用这些大桶来装水足够路上喝的了，而且中途还有一个湖，可以在那里补充水。和格沁抬着一只大箱子的奥尔得克则好奇地问："老爷，这两只箱子为什么这么重？"我告诉他一只装的是银圆，另一只装的是我拍照用的底片，一共有一千多张底片，我要他们装货卸货时千万小心，一定不能摔了！

　　奥尔得克更加好奇："底片？底片是什么东西？"

　　伊斯拉木巴伊不耐烦地说："快点干活吧，底片就是一些玻璃。"

　　看热闹的几个村民在一边议论着："看这个外国人多有钱啊，他带了八头最好的骆驼，还有那么多的箱子……"

　　"他要到沙漠中去，去寻找传说中的宝藏！"

　　我的房东图达柯扎伯克有些伤感地看着我："你能够买得起这些东西，证明你足够富有了，还有什么必要进去寻宝呢？传说塔克拉玛干深处是有一座古城，那里到处堆撒着黄金和白银，可是以前的寻宝者，都搭上了性命。你知道塔克拉玛干是什么意思吗？就是进去了出不来！"

　　"你也认为我到沙漠里去是为了寻宝？"

　　伯克反问道："那么你到沙漠里去是为了什么呢？"

　　我随手抓起一个小铲子，在地上划了一道线："你看，这是麦盖提，西面是叶尔羌河，东面是塔克拉玛干。但是，尊敬的伯克，您知道塔克拉玛干的东面又是什么地方吗？"

　　伯克想了一下说："没有了。塔克拉玛干是没有边的，从来就没有人走到过它的边，所以它才叫这个名字！"

我在地上画着示意图："但塔克拉玛干的南面是有边的，这就是昆仑山。十年以前，有一个叫普尔热瓦尔斯基的俄国探险家曾经沿着昆仑山走到和田，他画了一张地图——"我从随身携带的包里抽出了地图："你看，和田河向北穿过塔克拉玛干，流向阿克苏，在那里和叶尔羌河汇合成塔里木河。"我热切地告诉他："普尔热瓦尔斯基的地图告诉我在叶尔羌河的东边是和田河，那么我向东穿越塔克拉玛干沙漠，就一定可以走到和田河边！"

伯克不解："你走到和田河边又怎么样呢？"

"我就可以再画下我的地图，别人就可以利用我的地图在大地上行走。"

驼铃声中，我们这支由五个人组成的探险队从麦盖提村出发了。这是 1895 年的 4 月 10 日。

一个送行的老人叹道："塔克拉玛干，进去出不来，他们永远不会回来了！"

数天后的一个黄昏，准备扎营的时候，约尔达斯不见了。

伊斯拉木巴依安慰我："刚才还跟着驼队，你放心，它不会跑丢的。"

果然，随着一阵欢快的狗吠声，约尔达斯旋风一样出现了，对我们兴奋地摇着尾巴。奥尔得克卸下一只箱子，他看着狗说："赫定老爷，它的肚子全是湿的！"

向导约尔提高兴地说："它一定是在附近找到了水源，我们已经到了长湖！"

"塔克拉玛干的恐怖，或许是被当地人不适当地夸大了。我们竟在一个长长的湖边走了两三天，在这样的湖边，你很难相信是置身于这个以死亡著称的大沙漠中。"4月19日，我坐在一只木箱上这样写下了我的日记，接着走到已经支好的照相机前，把眼前的美景收入了取景框。当我们于一两天后真正进入不毛之地，回想此情此景就像回想一座人间天堂！

离开长湖以后，从驼背上望出去，无论前后左右，全都是起伏无尽的沙漠。我的身体随着骆驼的步伐有节奏地晃动着。配合着这晃动的是驼铃的声音和另一种"空通，空通"的声音。我忽然觉得有什么地方不对劲，问伊斯拉木巴依："这些水桶为什么都空着一半？"我用拳头敲击着驮架上的铁皮水桶。

伊斯拉木巴依连着敲了几只水桶，果然都发出空洞的声音。他发火了，喊道："奥尔得克，格沁，你们过来！你们为什么不把水桶装满？"

"在湖边装水的时候，约尔提说不用十天就可以走到和田河边了，没有必要把水桶都装满。"格沁回答。

奥尔得克也说："骆驼背得太重，如果前面能补到水，就没有必要装那么多。我家乡的塔里木河有流不完的水，我想和田河也是一样。"

这时候向导约尔提从最前面走了过来。伊斯拉木巴依向他大发雷霆："是你自作主张叫他们不要把桶装满的吗？"他用拳头使劲敲着铁桶。

"是的，不用太久我们就可以走到和田河了。"约尔提轻松地说。

"可是，万一我们的行程超过了你的估计，而水却用完了，你知道这意味着什么吗？"

约尔提开始有些心虚了："我只是想让骆驼轻松一点，我们可以早一点走到和田河。就算水提前用光了，在快到和田河的地方，也可以从地下挖到水。"

伊斯拉木巴伊把手中赶骆驼的鞭子向他挥过去："偷懒的东西，你只想早一天拿到报酬，可你这样做是在拿老爷的性命开玩笑你知道吗!"我拦住了他，这件事首先怪我，是我没有亲自督促他们把水装满。在这天的日记里，我心情沉重地写下："今天才发现饮水没有带够。"

4月24日，当我从睡眠中醒来，仆人们正往骆驼背上装各种箱子时，伊斯拉木巴依脸色严峻地走到我面前："主人，有一个不好的消息，昨天夜里有一只骆驼逃走了!"

"那么，我们就只能用七只骆驼来担负八只骆驼的负重了。"

"问题不在这里。那只骆驼一定是逃回长湖那边去了，它也许预感到了前面等着它的是什么。"

这时候奥尔得克也走了过来："赫定老爷，骆驼也像人一样，有的聪明，有的笨。笨骆驼好使唤，人赶它们到哪里就去哪里。可是聪明的骆驼，感觉到了有危险，它就会逃走。"

我沉吟着："那么我们面临着一个选择：是像那只逃走的骆驼一样回到长湖边去把水装满，还是继续向前走？我们离开长湖已经四天了，一来一回，就要增加八天的行程。"

"如果像约尔提说的，再走四五天就可以到和田河边，就没有必要回去。可是如果……"奥尔得克看着约尔提。

约尔提没有说话，他从地上抓起一把沙子，慢慢松开手，让沙子落下，似乎想从风对落沙的影响中找到信心。

从他手中落下的沙子就像从沙漏中落下的细沙。

后来在我斯德哥尔摩的书房里，我不止一次地凝望着沙漏中的落沙回想起这一情景。有一次正当我看着沙漏走神时，奥雷尔·斯坦因先生前来探访我。我知道斯坦因在中国人那里的名声不太好，他们甚至把他当作一个盗墓者，因为他弄走了太多他们的文物。但是仅作为一个探险家，他还是有值得我尊敬的地方。我告诉他我非常欢迎他的来访，并告诉他我正在拜读他关于中亚探险的新书。

斯坦因得意地看着我："阁下注意到我书中这样一段话了吗：'我非常感谢斯文·赫定博士那优越的地图，它使我能够非常准确地找到那些他第一个到过并测定过的地方，虽然我们的路线不同，并且没有可以用作路标的特殊地貌。当我后来做完了绘图上的作业时，发现赫定博士所勘定的位置和我所勘定的在经度上只差两公里，而与天文学上纬度的规定则完全一致，这真是一种伟大的满足！'"

我当然注意到了，《地理杂志》上的一次谈话把这件事称为"地理学的一种真正的胜利！"

斯坦因说："您知道吗？在来您这儿之前，我又重读了一遍您关于第一次穿越塔克拉玛干沙漠的描述。我相信，在您离开沙漠中的那个长湖四天之后的位置上，我也曾站在那里犹豫过，到底是冒险前进呢，还是退回到湖边？"

"结果呢？"我问他。

斯坦因说："我向前走了三天，但最终还是放弃了冒险，选择退回湖边。"

我对他说："你及时折回去的决定对你和你的随从无疑是一种幸运！"

斯坦因笑道："也许正因为如此，今天的我才能够站在您面前和您谈话。"

"可我当年却选择了继续前进。那个选择太冒险了！"

约尔提手中的沙子落完了。他拍了一下手，鼓足勇气对我说："老爷，再有四五天，顶多五六天，我们一定能走到和田河边，我敢保证！"

于是我下了决心继续前进。无边无尽的沙丘伸延向天边。陪伴着我们的只有单调的驼铃。前方是巨大的危险，但我不愿意踏着自己的足迹退回一步。

又过了几天以后，当所剩不多的盛水桶从骆驼背上卸下来扎营时，人、狗和骆驼都围了过来，用眼睛看着，用耳朵听着，用鼻子嗅着那一些在铁皮桶底晃动着的水。

每个人配给的那份水立刻就被喝完了。他们捧着空碗，意犹未尽地看着伊斯拉木巴依。但是这位忠实听命的仆人坚决地盖上了水桶的盖子。约尔达斯焦急地围着人们叫着，它伸出舌头挨个地去舔仆人们垂落下来的水碗。

我拍拍它的头说："约尔达斯不是牲口，它应该享有和我们一样的待遇！"伊斯拉木巴依叹了口气，打开桶盖，用自己的碗盛了半碗水，端在手里放低了让约尔达斯喝。大家都坐下来休息着。约尔提讨好地倒了一些菜油来喂骆驼。骆驼不得已舔食着菜油，一种沉郁的情绪笼罩着全队，没有人说话，只听见风的声音和骆驼的喘息。

忽然，奥尔得克喊了起来："一只乌鸦！"

一直沉默着的格沁说了一句："看见乌鸦，这可不是个好兆头！"

约尔提立刻反驳道："不对，有鸟就有树林，就有水！它一定是从东边和田河边飞过来的！看见鸟，就离水不远了！"

我看着这只乌鸦消失在暮霭之中，在日记本上写下："4月25日，看见乌鸦！是死的预兆还是生的希望？"

沙漠中的又一个清晨。太阳已经从地平线上升起来了，我的四个随从还疲惫地躺在那里。骆驼们也还卧着，没有站起来的意思。

我一个人单独先行了。手里托着罗盘，边走边数着自己的脚步。这一整天，我都在反复数着自己的脚步……每百步就是一个胜利，每千步就增高得救的希望！但是这白天的太阳多么像地狱里的毒火，而这些沙丘又多么像墓丘，只是少了十字架。上帝啊，你用这死寂的炼狱来折磨我，在前面会有向我洞开的天堂之门吗？我终于精疲力竭地倒在一座沙丘顶上，把白扁帽拉到脸上，遮住那猛烈的阳光，做片刻的喘息。过度的疲惫立刻就使我进入一种蒙眬入睡的状态。

我梦见我向后走回到了那个长湖边上，面前就是波光粼粼的湖水。我一下子就扑进了湖水中，痛饮了一番后，抬起头来赞叹道："多么好的长湖啊，离开你就是离开了生命！"

这时候我听到身后有一个声音在说："这不是长湖，这是伊塞克湖。"

我惊讶地回过头去，只见湖岸边的一把躺椅上，半躺着一个五十岁左右、穿着沙俄军装的人，他的身体看起来十分虚弱，但精神却还不错。

"你是谁？"

那个人笑笑："你应该知道我是谁，你在中学的时候就翻译过我写的探险记，出版后销路还不错。当然，你不满足只介绍我的经历，隔岸观火，还要自己走进荒漠。"

这么说，是大名鼎鼎的普尔热瓦尔斯基？

普尔热瓦尔斯基笑道："年轻人，探险，就意味着随时会有失去生命的危险。你看，伤寒正在夺去我的生命，而击倒我的，只是一杯没有烧开的水！"

忽然间，我身边的湖水消失了，我依然是站在滚烫的沙丘上，干渴难耐。

我对他苦笑着："可是眼下，只要给我一杯无论什么样的水，我宁可以得伤寒做代价！"

普尔热瓦尔斯基认真地对我说："不，年轻人，你不会得伤寒，你也不会死，你会穿过这沙漠，一直向东，那里有一个大湖，叫作喀拉库顺。但我认为，那就是被中国人在地图上画错了地方的大湖——罗布泊！我认识那里的昆其康伯克，我答应过要回去，但我已回不去了，你可以替我回去！"

普尔热瓦尔斯基说着，他的形象在沙漠正午晃动着的热浪中渐渐模糊了。他躺在躺椅上的身体变成了位于伊塞克湖畔以东他的那个朴素的墓地。我曾于1891年专门到那里去做过祭扫，并为这个墓地画过一幅素描。在我恍惚的意识中，这个墓地就在我的面前。我喃喃自语："普尔热瓦尔斯基先生，我一直把你当作我的领路人，如果你不把我引向死亡，那就一定会把我领到你的那个罗布湖边去！"

还是驼铃把我唤回到了可怕的现实中来。伊斯拉木巴依揭开了盖在我脸上的白扁帽："主人，主人，你醒一醒，我们跟上来了。"我慢慢睁开眼睛，看到面前垂着一颗骆驼的头，它眼里流露出的是一种将死的光。我坐起来抬眼看去，在我身边像出殡的队伍一样排着的骆驼只剩下了五只。

夜晚又来临了，但仆人们已无力撑开帐篷，大家都在空旷的天底下躺着，每人的身边扔着一只喝完了水的空碗。我对伊斯拉木巴依说："我们不能这样躺着，趁着夜里凉快，我们应该挖井！"伊斯拉木巴伊立刻就爬了起来，随之也把另几个仆人轰了起来，开始挖井。

当井已经挖得很深时，伊斯拉木巴依拿来了一壶水，请示道："主人，很快就要挖到水了，我们能不能够先喝掉这一壶水？"我开心地说："应该犒劳一下大家，不过，先把这壶水放到井底的冷沙里去凉一下，冰镇的水更能解渴。"

奥尔得克接过水壶把它塞进凉沙里，但很快他就忍不住了，又把水壶拔出来，恳求地："赫定老爷，我们实在太渴了，能不能先喝一口？"

我于心不忍，点头默认了。于是，奥尔得克打开壶盖抢先喝了一口，这一喝就止不住了，井下的三个人轮流抢着狂饮起来，急得伊斯拉木巴依在上面大喊："停止！停止！快停下！你们忘了还有老爷吗？"

水壶在奥尔得克嘴边停住了，他默默地举起水壶，递了上来。然后又是一阵狂挖，井下赤裸着上身的三个仆人终于累瘫在井底，水还是没有出来。

夜深了。两盏小风灯放在井壁上。我的仆人们都倒在井边沉沉睡去。但是几只骆驼，还有约尔达斯，却围在井的周围，用鼻子嗅着湿沙，等待着井里会有能让它们解渴的水出来。一直到清晨，这些动物们都以那样虔诚的姿态在等待着水。

清晨的宁静被趴在井边的仆人一声绝望的叫喊撕破了："沙是干的！"那带着哭腔的声音像是从坟墓里发出来的。

伊斯拉木巴依开始从水桶里给每人分水，舀水的瓢已经刮到了桶底。

我看着骆驼，喝下自己的那小半碗水，抬起头来对他说："可以也给骆驼喝一点吗？"伊斯拉木巴依坚定地盖上了桶盖："坚决不行！骆驼总比人耐旱。"

"可是，它们已经虚弱不堪，再也驮不动这些东西了。"

"主人，我正要和你说，我们不可能带着这么多重东西走出沙漠！"

我看着堆放在地上的那些箱子，不得不痛下决心，扔下一切累赘的东西：帐篷、火炉、我的行军床，还有多余的粮食、能够精简的仪器……把它们堆放在这里，如果我们能活着走出去，以后还可以再回来取。但是，有两只箱子不能牺牲！一只装的是银圆，另一只装的是我的照相底片，我必须带着它们。奥尔得克和格沁只能吃力地把这两只箱子装上驼背。

驼队又开始行进了。约尔达斯老是靠着水桶的边上走，听着水在桶底摇晃的声音。休息的时候，约尔达斯跑到我身边，摇着尾巴，低声叫着，两只眼睛目不转睛地凝视着我。我不忍和它对视，挥起手，向东方喊道："水！水！"约尔达斯立刻撒腿向我所指的方向跑去，但没跑多远，立刻就懊丧地转回来了，伏在我腿边，发出可怜的哀鸣。

再次出发的时候，又一只骆驼站不起来了，它躺在沙地上，腿和脖子伸直着在发抖，任格沁再怎么吆喝鞭打，它也不肯起来。我们把这只垂死的骆驼独自留在了原地。

4月30日早上，奥尔得克忽然喊起来："你们看，云！"

日出之前，在西方能看见一团团晶蓝欲雨的云彩。希望又被扇动了，云彩迅速扩大着，走近着，似乎一场大雨就要降临。伊斯拉木巴依马上指挥着仆人们兴奋地准备迎接这天赐之水，他们把所有能盛水的东西都摊开在地面上：空桶、盆、罐、碗等，并展开雨布，准备接住雨水。但是乌云走近时，却又忽然分开了，片刻之间，烟消云散。太阳升起来了，仆人们扔下雨布，失望地躺倒在地。

伊斯拉木巴依近乎绝望地道："约尔提，你说的和田河在哪里？我们还能走到吗？"约尔提丧气地说："我想我们是中了魔，以为是走直路，其实在绕圈子。"

我举起罗盘："那是不可能的事。太阳是在有规律地转动着，每天中午，它都在我们右边，说明我们一直是在向东走。"

约尔提低声嘟囔着："大概连太阳也中了魔！"

伊斯拉木巴依小声焦急地把我叫醒，这是又一个清晨："主人，主

149

人，昨天夜里一只水壶被盗了！约尔提也不见了！"

奥尔得克愤怒地骂道："该死的向导，他把我们领到了死路上，自己却偷了水逃跑了！"格沁也恨恨地："真主诅咒他！"

我能说什么呢？他如果迷了路，会死在沙漠里的，我倒希望那壶水能够救他的命。休息的时候，我坐在沙丘顶上写日记："5月1日，在我的故乡瑞典是快乐的春光节，但在沙漠里却是我们最严峻的一天。骆驼一匹匹减少，四面都是沙山，没有一根草茎，没有一点儿活东西。人和骆驼都已经不能再支撑了，这是我能写下的最后几行字了。上帝啊，拯救我们吧！"

伊斯拉木巴依摇晃着拿着一个瓶子走过来。我惊喜地看着那个瓶子："怎么，还有一瓶水吗？"他摇摇头："不，这是中国烧酒，主人。"

酒也是液体呀！我打开瓶盖，迫不及待地喝下一大口，但立刻就被呛得剧烈咳嗽，两眼冒火。

约尔达斯听见了酒在瓶中的声音，兴奋地跑过来，使劲地摇着尾巴。

我把瓶子伸过去让它闻，它嗅了一下，尾巴顿时就垂了下来，很忧郁地走开了。我扔开酒瓶，打算站起来，但凶猛的酒精已经摧毁了我的力量。伊斯拉木巴依用一块篷布在我头边支起一个遮阳的小帐篷。他让其他人向前去找水，自己要留下来陪我。我努力睁开眼："不，你们都向前走，我休息一下，会跟上来的！"

伊斯拉木巴依无言，他把罗盘对准东方，带着奥尔得克和格沁向前走去。

沙丘顶上只留下我自己。还有伏在身边的约尔达斯。

5月3日的太阳从沙海边缘升起。当我们被阳光烤醒时，发现格沁已经再也不会醒来了。活着的人默默地在死者身边坐着。伊斯拉木巴依面向麦加在为格沁做祈祷。我慢慢地站起来说："让死者留下吧，活着的人还要继续走！"

伊斯拉木巴依抬起头来："主人，东西也要留下！骆驼再也驮不动了！"

我看着那最后的几只箱子："可是，这些都是我在亚洲买不到的东西！"

奥尔得克大胆地插嘴道："人能走出去，我们还可以回来找东西。人出不去，这些东西又有什么用呢？"

他是对的。我下了最后的决心，丢下了几乎所有的东西：日记本、地图、仪器、钢笔、纸张、手枪、子弹、照相机、一本圣经和一些烟草。我打开另外两个箱盖看看，里面是一直没有舍得扔掉的一箱银圆和一箱密封着的玻璃底片。我从箱子里找出一套干净的衣服，从头到脚重新换过。如果我真的要死在沙漠中，被风暴埋葬在永久的沙丘里，那我至少要有一身干净的殓衣。除此之外，所有的一切都丢下了！

伊斯拉木巴依和奥尔得克把这几只箱子堆在一起，在上面蒙上篷布包扎起来。然后继续前进，沙漠上，三个人、两只骆驼，还有一只狗。

到了5月4日，又一只骆驼倒下了，倒下的还有我忠实的仆人伊斯拉木巴依。约尔达斯也不能再走了，我让它留在了伊斯拉木巴依的身边。

5月5日，继续前进。沙漠上只剩下了两个人。

当我和奥尔得克互相搀扶着爬上一个高高的沙丘时，我茫然的眼神忽然亮了：地平线不再像前些天那样只是一列黄色的地平线，而是出现了一条平直的、深绿色的线条，那是树林，我们终于走到和田河边了！

但是奥尔得克却倒了下去，他的样子十分可怕：嘴唇肿裂、两颊下塌，眼睛里只有微弱的光亮。我推他坐起来，不让他倒下："你等着，我去河边取水！你只要还有一点儿力气，也要坚持往树林、往河边爬！我们可以死在沙漠里，但我们决不能死在河边上！"

我使出全部力量，向着前方地平线绿色的树林和树林后面的和田河奔去。穿过最后的沙地，跌跌撞撞地跑进树林，一头倒在平坦柔软的土地上，但是河流还在树林的那一边。我倒在地上，抓食着能够够到的树叶和青草，借此来积蓄体力，感觉到头边开始有了苍蝇和蠓虫的飞舞和嗡鸣，耳边似乎已听到了河中流水的声音。但是当我真正爬到河岸边的时候，却被命运的最后一击完全击垮了——在我眼前展开的确实就是和田河谷，但这条宽阔的河谷却没有一滴水！

上帝啊，再也没有比这更悲惨的了！我想到过，或者在沙漠中干死，或者在河边得救，但我唯独没有想到这是一条季节河，上一年流来的河水早已干涸，而从北西藏冰山上融化的雪水要等到七月初才能流到这里，那时候，我早已成了一堆白骨！

我绝望地趴在河槽的沙地上，一动不动，在垂死的幻觉中，我回到了童年——那是1880年4月24日的夜晚：当完成北极探险的加菲号滑进斯德哥尔摩港口，围绕着码头的房屋便浴在一片欢庆的灯光与火焰之中。那时候我十二岁，我和我的父母和妹妹站在港口附近的小山顶上，那里可以对欢庆的场景一览无余。我永远也忘不掉加菲号荣归那一天的情景。一种伟大的激动情绪控制住我，它决定了我将来的道路。那时候我想：我将来也要这样荣归啊！可现在，我想我再也回不去了！

就在我闭上眼睛静待死神来临时，却听到一种单纯而清晰的声音。

我睁开眼，眼前依然是干涸的河床，但是我发现在前方不远的地方，有一只小小的水鸟在走动着，鸣叫着。这是一种上帝的提示：有水鸟，就说明附近有水，我一下子振作了起来，拖着身子向前爬去。而那只小鸟也真如一个向导，始终在我前面一段距离的地方叫着，跳跳走走。就这样，我跟着小鸟爬行了数十米之后，在河床拐弯处的深槽中，忽然出现了一个积存的水潭！

"上帝啊，感谢你赐我以水！"我一头扑进水潭里狂饮起来。而当我喝足了水抬起头来的时候，那只引领我来此的小鸟却不见了。此后在我的一生中我不止一次地想过，那引领我到上帝的水潭边的到底是一只水鸟还是一个天使？

坐在水潭边上，我测量着自己逐渐增加的脉搏。我那已经干枯的躯体像吸收了水分的海绵一样开始膨胀恢复了过来，在水面上，我看到那刚才垂死的容貌也开始有了生机。忽然，小鸟再一次出现，它从空中落下在水边沾湿了一下自己的羽毛，随即展翅升空，向西面飞去。

这是在提醒我：我的仆人，垂死的奥尔得克还在树林那边的沙漠边缘躺着。我得带水回去救他！或许还可以救回躺倒在更远地方的伊斯拉木巴依和约尔达斯？我脱下自己的白衬衣浸入水中，提起来，水从衣服上流下，衬衣不是容器。但靴子可以是，我立刻脱下靴子，把这双长筒靴灌满了水，并用刚才帮助走路的一根木棍插在靴扣上，我挑着这双靴子穿过树林，赶去救奥尔得克。

这双靴子是斯德哥尔摩的老鞋匠斯特林斯特罗姆缝制的。当时卖给我的时候他说过："六克朗一双，绝对物超所值。"他说得没错，确实物超所值！正是我花六克朗买的这双靴子，救了我的仆人一条命！所以后来我每年都要付一次款，并且写信向他表示一次感谢。

是上帝的水潭救了我；而斯特林斯特罗姆做的靴子救了奥尔得克和后来坚持着爬出了沙漠的伊斯拉木巴依。但是约尔达斯、我的那些没能走出沙漠的仆人、向导，还有我的所有装备，都留在塔克拉玛干之中了！

一个多月以后，劫后余生的我们三个人终于辗转到达和田。在那里我受到了和田道台热情的迎接：因为在喀什的俄国总领事彼德罗夫斯基和英国外交代表马嘎特尼都带信来，要他尽可能地帮助我。这两位外国官员对那里中国官员的影响力，在某种程度上可能并不亚于他们远在北京的皇帝。

在道台府，道台先生带我走到了他的大案子面前，多少显得有些卖弄地揭开了台面上的一块绸布，露出了一把手枪。我无比惊讶地认出那就是我留在沙漠中的手枪！上帝啊，它怎么会在这里？

道台告诉我：这是台维克尔村图达伯克的驼队在沙漠里发现的。和这支枪在一起发现的还有一箱银圆。图达伯克是一个诚实的人，他不敢私吞这些银圆，就把它交给了官府。

这样的事情对我来说这简直难以置信！但是当幸运在面前的时候，我还期待着有更大的幸运："可是，既然驼队在那里找到了银圆，还应该找到其他的箱子，特别是有一只箱子，那里面装着我的全部照相底片！他们没有看到吗？"

道台先生不知道底片是什么？他问："那比银子还重要么？我完全可以派人护送你专程到台维克尔村去一趟。"

由于急于找回我的那些底片和仪器，我只在和田城里小做休整，就在道台府卫兵的护送下花了好几天时间专程来到了这个台维克尔，一个沙漠边缘的村落。

我们到达时，听见图达伯克家的宅院里传出一阵阵欢乐的歌舞声。带路的村民告诉我们，伯克正在庆祝他家的光明房子落成。

"光明房子？"

那个村民自豪地说："是啊，伯克家新盖了一座光明房子，这是方圆数百里地方最漂亮的房子！"他看了道台府的卫兵一眼，"恐怕道台府里也不会有这么漂亮的房子！"

听说道台府来了人，图达伯克，一个富态的老人，从正在欢歌曼舞的内院中走了出来，笑容可掬地请我们进去参加宴饮和歌舞。道台府卫兵说明了他们陪同我前来寻找丢失的物品的使命。伯克诧异地说："那些银圆，还有枪和子弹，我不是已经派人交给道台大人了吗？"

我连忙上前说明我就是那个在沙漠里险些死掉的欧洲人。我非常感谢他找到并归还了我的那些银子！可是，还有一些对我来说非常重要的东西，不知道他的驼队是不是也将它们带了出来，并且是不是还在府上？

图达伯克惊讶地问："还有比银子更重要的东西吗？"

"是的，那是一箱底片。"

图达伯克不解："底片？是一种什么东西？"

伊斯拉木巴依用更为流利的维语上前解释，他比画着："底片，就是一些玻璃，这么大小见方，上面涂着一层胶。"

图达伯克听伊斯拉木巴依说完："啊，你说的原来就是那些玻璃片！请跟我来——"他以一种十分自豪的表情，领着客人们穿过外宅，走入内院。

天哪，我看见了什么？我看到在那些欢歌曼舞的宾客们面前，是一座刚刚建好的房子，这座房子和沙漠地区用黏土夯筑成的民房完全不一样，它的半个房顶和一面墙完全由木格子窗棂构成，而镶嵌在窗棂上的，正是数百张洗去了胶水层的玻璃底片，有些玻璃片上还涂上了色彩，画上了图案。

图达伯克指着这座新房得意地介绍着："这些玻璃，也是我的驼队在沙漠里找到的。我想把它们那么老远地送到和田去是太不值了，但是拿它们能派什么用场呢？最后我想到了一个绝妙的主意，就是把它们洗干净，用来建造一座光明房子！你们看，这是一座多么漂亮的房子！不过，为了洗去玻璃上的那层黑乎乎的东西，我的仆人们可没有少费力气。"

我呆呆地看着那些在阳光下闪着光的玻璃，不由自主地跪了下去："我的底片啊！"

道台府的卫兵一定是看出了我绝望的表情，一下子拔出了佩刀，对图达伯克喝道："你好大胆！你不知道这些玻璃比那些银子还要贵重吗？"

图达伯克委屈地："我确实不知道啊！我为什么要把捡到的银子上交给道台府呢？那是因为安拉要我们诚实。如果这位洋大人还想要回这些玻璃的话，他可以把它们带回去。"

这时候我已经恢复了我的镇静，我制止了卫兵凶狠的态度，对伯克道："尊敬的伯克，就让这些玻璃留在您这里吧。但是我想知道，您这里还有没有还没有打开、没有清洗过的玻璃？"

伯克答道："那些玻璃，我建造这座光明房子用掉了大部分，剩下的那些，我全都分给了我的村民，他们也都拿回去做窗子用了。"

我看着那座漂亮的"光明房子"，再看看图达伯克无辜的表情，忽然感到释然。他找回了我的那些银子，已经使我万分感激！至于这些底片，既然它们已经全部曝光了，还不如让我们来庆祝它们的新用途吧，要知道，能够用这些底片造出这样一座光明房子，对当地人来说是一件多么具有想象力的事情！我为什么不和它的主人一同来享受它呢？于是我们被主人殷勤地待为上宾。看着眼前的歌舞，品尝着杯中的美酒，我想，许多年以后，这里的居民也许并不能够了解我在地理探险上做出的成就，但他们一定会记得：曾经有一个欧洲人，为他们带来了窗户上的玻璃。此刻，那数百上千片玻璃，正在阳光下闪烁着梦幻的光彩。

第二年，1896年3月，我开始准备我的另一次探险，出发地点是塔里木盆地北缘的小城库尔勒。当我和伊斯拉木巴依在喧闹的市场上购买一些旅途所需的东西时，一只憨态可掬的小狗冲着我们汪汪地叫起来。

"啊，它多么像约尔达斯啊！"我蹲在小摊前看着它，小狗也以一种似曾相识的眼神看着我，这确实让我想起了约尔达斯的眼神。我们买下了这只红黄色的嫩狗，让它继承了约尔达斯的名字。不久它就成了大家的宠物。

我的驼队沿着塔里木河行进。我们的目的地是塔里木河和罗布湖的内地支流。中国人数百年来就知道这湖的存在和它的位置了，他们把它记载在各种时代所有的地图上。普尔热瓦尔斯基在他1876年到1877年的旅行中是第一个逼近罗布湖畔的欧洲人。因为他在中国地图上的罗布湖南面整整一个纬度处发现这湖，所以我的老师、著名的中国研究家李希霍芬教授便立下以下的理论：这湖因为塔里木河支流的变迁后来曾经向南移动了一个纬度。

当河岸的胡杨林变成了丛丛芦苇时，我的探险方式也从陆路改为了水路。我租赁了一只长约六公尺、宽不及半公尺的小船。船是用一棵挖空的白杨树干做成的。我坐在船中间，像坐在一张靠椅上，膝盖上放着罗盘、表和图纸，一边行进一边画着路线图。约尔达斯以一种十分舒适的姿势躺在我脚前。

奥尔得克和老库尔班站在船的首尾，他们把那长条宽面的桨几乎是垂直地浸入水中。两岸迅速地驶过，当船走过茂密的芦苇丛时，就发出沙沙的声音来。

"奥尔得克，我们沿着这条河一直向前，就可以到达罗布人的领地阿不旦吗？"奥尔得克回答道："赫定老爷，这条河有很多支岔，但是老库尔班认得这里的路，还记得这里的干涸期。二十年前他打死一只野骆驼，把皮卖给了第一个到这里来的——你们那里的人。"他一只手松开桨，在脸前比画着欧洲人的高鼻子。

老库尔班得意地喊着："琼图拉！琼图拉！"

"是普尔热瓦尔斯基吗？"我惊喜地找出一本普尔热瓦尔斯基著的书，翻开扉叶让老库尔班看那上面的作者像。

老库尔班连连点头："琼图拉！琼图拉！他是第一个到这里来的你们的人。"

我向他解释："这位琼图拉是俄国人，而我是瑞典人。"

但老库尔班觉得这并不重要，重要的是："琼图拉不会说我们的话，赫定图拉，你会！"他敬佩地伸出大拇指。

4月19日我们到达我此行的目的地——阿不旦小村，这是塔里木河注入罗布湖的地方。村民们显然已经得到了有外国老爷再次到来的消息，全部聚集在码头上迎接。在独木舟靠岸的那一刻，我一眼就辨认出了这群人的首领，我趋步上前，走到这位身高只有一米六多的老人面前，恭恭敬敬地鞠躬施礼："昆其康伯克！"

当地的头目——已经八十高龄的昆其康伯克对此十分惊讶："尊贵的客人，你认识我吗？"

"我认识你，在你们所说的琼图拉的书里。"我拿出那本普尔热瓦尔斯基的书，翻出书中为昆其康画的插图。

昆其康看了一眼，大笑道："这是我，这是我。"

奥尔得克上前为我做介绍："伯克大人，这是赫定图拉，他是琼图拉的朋友。"

昆其康说："琼图拉的朋友，就是我的朋友！"他热情地拉着我的手，引我走向一个用木柱子支起，四面透空，上覆芦苇做顶的凉棚。

这位昆其康伯克曾经是普尔热瓦尔斯基的朋友，但是很难想象这位受到清政府钦命册封的五品伯克，他的宅邸竟简陋得如同野人之居。我们来到凉棚中坐下。昆其康向我介绍道："这里就是阿不旦的迎官厅和议事厅。"

我四下看了一眼，问道："伯克先生，您的这个议事厅，为什么没有墙呢？"

昆其康挥了一下手笑道："有墙就没有了风，而有风，才能刮得蚊虻不能停留，坐在这里才能免遭叮咬之苦。"

"伯克先生，我从琼图拉的书中得知，您的名字，是日出的意思，对吗？"

昆其康慨叹道："太阳升起，太阳升起，我这个太阳，已经升起了八十年了，也许不久就要落了！"

我转了话题："那么阿不旦，是什么意思呢？"

昆其康说："阿不旦，就是好地方，有水有鱼的好地方，我们罗布人生活的好地方。你知道吗，人是靠水而生的，就像——"他从身上捉出一个虱子，"它是靠我们人身上的水而生的；而我们人，是靠河流和湖泊而生的。我们是罗布湖的虱子，如果有一天罗布湖干了，我们就没有活路了！……"

老人兴致勃勃、滔滔不绝地讲下去。我一边倾听，一边拿出速写本，开始为昆其康画速写肖像。这位睿智的老人讲着他生活中的种种奇事——讲到河流、湖沼、沙漠和动物，他对于人和水的关系的比喻，使我深感新奇。他异常热情地收留了我们，并请我做一次较大的航行，向着东面到罗布湖去。

我坐在船上悠然地画着速写，自从我的那些底片成了沙漠居民的窗玻璃之后，就不得不用速写本来代替照相机了，这大大地发挥了我速写

159

的能力。

傍晚时我们划出狭隘的河道，到达宽广空敞的水面，无数野鹅、野鸭以及别的水鸟在这里浮游。我们露天驻扎在湖岸上，月亮当空，亚洲腹地的水面还真有威尼斯的味道！

告别的时候，在阿不旦村的那个四面透空的"迎官厅"，昆其康伯克用一大锅湖水煮鱼为我饯行。

我和老人对坐着，默默喝着鱼汤，空气中仿佛有些感伤的意味。

昆齐康问："赫定图拉，你还会来吗？"

"会的，我还会来这里。"

昆齐康不无伤感地："可是我已经很老了，老太阳到了要坠落的时候了！等你再来时，我可能已经不在这里了。那就由我的儿子来接待你吧。"他喊了一声："托克塔阿洪！"

一个中年人上前几步，跪在了他和我之间。

昆其康对儿子说："你要记着，赫定图拉永远是我们的客人！"

托克塔阿洪俯下身："我会记着。"

昆其康看着我说："这是我的儿子，托克塔阿洪。"

我向他欠身："我会记着。"

我抬眼望着这片沙漠中的湖水。湖水在阳光下闪着迷人的波光。

从河流到荒原

经过在中国西部三年零七个月的旅行之后，我坐着一种名叫"土筐"的轿子如一叶小舟般漂进北京的城门。瑞典那时候还没有驻节中国的公使，能给我接待的只有俄国公使馆。我在北京最有趣的回忆，就是在俄国公使的陪同下，和聪明的老政治家李鸿章结识的那一幕。

李鸿章虽然算是最富有的中国人之一，但却住在许多乱七八糟的老房子中间，他用一种和蔼的微笑迎接了俄国公使包罗夫先生和我。饭菜是欧式的，一道一道地上。主人和客人由一个人翻译在做交谈。年迈的李大臣似乎是带着一种长辈对晚辈的爱护给我让菜：

"我知道你是一个旅行家，你知道我也是一个旅行家吗？"

包罗夫殷勤地帮李鸿章解释："李大人去年为参加加冕礼到莫斯科去旅行过，此前他还到欧洲和美国游历过。"

李鸿章笑道："政治就是和人打交道，所以我往有人的地方跑，而你往无人的地方跑。但是跑完了无人的地方，还要回到有人的地方来。你到这里来，是想在天津大学当教授吗？"他想当然的这样认为。

"不，谢谢您，我没有这样的想法。我的探险活动，是得到了我们瑞典国王的支持的。为什么阁下去年不到瑞典去游历呢？您到了莫斯科，离那里已经很近了。"我这样问他。

李鸿章说："我可没有时间走遍那里的国土，但是你可以告诉我瑞典是什么样的国家，在你的国度里人们怎样生活？"

"瑞典是一个安乐的大国，在那里冬天既不太冷，夏天也不太热。那里没有沙漠和草原，只有田野、森林和湖沼。那里没有太富的人，也没有太穷的人。"我自豪地告诉他关于我祖国的情况。

李鸿章转头向包罗夫道："这真是一个可注意的国度，我要劝俄国沙皇占领瑞典。"

包罗夫慌张地说："这是不可能的，阁下，瑞典国王和俄国沙皇是世界上最好的朋友，彼此从不含任何恶意的！"

李鸿章哈哈大笑："公使先生，这不过是一个玩笑而已。"他转而问我："赫定先生，你曾经走过新疆、北西藏、柴旦和蒙古南部，你的旅行是为了什么呢？"

"我研究和绘制那些不知名的大地部分，考察地理、地质和生物，尤其我要看看，是否有可以给瑞典国王占领的合适地方。"我不失时机地还以颜色。

李鸿章开心地大笑，举起大拇指："很好很好！你也反将了我一军！"

我发现李大人是一个有幽默感的人。

离开北京，途经彼得堡回家时，我受到了沙皇尼古拉二世陛下的召见。接见的地方在沙皇工作的偏殿内。沙皇穿着大佐的军服，他给我的印象不是一个皇帝，而是一个学者。他对我的旅行表示了很大的兴趣，把一张很大的中亚地图铺在桌子上，让我在图上为他指出自己的旅途，并随手用一支红铅笔在最重要的地名下做记号，还以专家的知识指出我与普尔热瓦尔斯基的研究范围接触的地方："你说你也到了普尔热瓦尔斯基到过的那个大湖——罗布湖？"

"是的，我正是按照他书上的插图认出了当地的首领昆其康伯克。不过，我认为这个湖并不是中国人地图上的那个罗布泊。我非常尊敬普尔热瓦尔斯基，但是，我认为他的这个结论，下得也许过于轻率了。"

沙皇陛下看着我："你是这样认为的么？"

"当然了，我现在还没有足够的证据可以否定他的这个结论，所以，以后我还会以新的中亚旅行来试图证实这一点。"

沙皇陛下问："你真的还会再次去中亚旅行吗？"

"是的。我有一种感觉，好像那里是我的第二故乡！"

"那么，当你要做新的中亚旅行时，请在出发前把详细的计划告诉我，我愿意尽我所能帮助你减轻你旅行的困难！"

沙皇陛下的好意使我非常感动，事实证明这个约定并非一句虚言。

回国后，我出版了《穿越亚洲》，和《1893—1897，我在中亚旅行的地理科学成果》。德、英、法、瑞各国地理学会都授予我勋章。但使我最高兴的事，还是在柏林地理协会，与我的老师李希霍芬教授的见面和讨论。

老师翻看着我交给他的手稿："你的实地考察可以证实我对普尔热瓦尔斯基那个结论的质疑：在沙漠的东面，确实有一个大湖。但那不是中国人地图上标出的罗布泊，那只是普尔热瓦尔斯基发现的一个新湖！我认为他对自己过于自信，而对中国人绘制的地图过于轻视了。"

"是啊，地理上一个纬度的距离，可不是一个小的误差。我认为铁干里克东南由依列克河泛滥形成的阿拉干湖群，应该是中国地图上罗布泊的遗存。或许，真正的罗布湖还在更北一些的地方。"

我在柏林《地学杂志》上发表的论文引起了轩然大波。1897 年 10 月 15 日，我在圣彼得堡皇家地理学会做演讲，出于民族感情，我的观点遭到了俄国学者的围攻。他们奋起捍卫普尔热瓦尔斯基，认为只有他的观点才是可以接受的。科兹洛夫反应最为激烈，不惜一切为普氏辩护。科兹洛夫在讲台上激动地发言："那么多探险家都去过罗布荒原，我也去过——1883 至 1885 年间，我参加了普尔热瓦尔斯基的第四次中亚探险，1893 年至 1895 年，我再度参加了罗布罗夫斯基的中亚探险队，我深入罗布荒原的腹地，一直走到孔雀河干涸了的地方。那里除了一个叫作阿提米希布拉克的水源地，根本就没有什么北方的大湖。那个水源地只有极少的当地人才知道，也只有找到那个意思为六十处泉水的水源地，才有可能带上足够的淡水，穿越春夏之间的罗布荒原。"

"阿提米希布拉克，六十泉？"我在本子上认真地记下了这个我以后将要到达的地方。

科兹洛夫激动地反驳着我的结论："为什么只有赫定一人相信所谓

'北方的大湖'？除了传说和推论，有关北方大湖的存亡过程，有谁能提出过硬的证据来吗？进而言之，即便真有一个东北方的大湖，是怎么把它与历史上的罗布泊联系起来的呢？一个某种名称的大湖能一分为二，忽南忽北，这是有正常科学思维的人都难以理解的。所以我认为，李希霍芬教授和斯文·赫定先生的假说是站不住脚的，是站在落后的中国地图提供的资料上立论。我坚定地认为：我们的先驱普尔热瓦尔斯基发现的喀拉库顺湖，是古代的、历史的、真正的中国地理学家的罗布泊，这湖已经存在了几千年，并且将永远这样！"

我冷静地倾听着辩论对手的强烈抨击。基于在彼得堡的遭遇，我觉得要战胜论敌还得有更充实、更有说服力的资料，这还得通过地理考察来实现。这促使我再次赴中国西部进行新一轮的考察。我一定要找到真正的罗布泊，哪怕是它的遗体！

当野黄杨于1899年的夏至枝繁叶茂的时候，我第四次出发到亚洲的腹地去。孤独的路上那种新鲜空气和伟大的冒险在吸引着我。我已于四月中旬谒见沙皇并把我新的考察计划向他奏明了。他做了一切减轻我旅行困难的事。在俄国的欧亚铁路上，我得到了免费乘车、免费转运和免税的权利，他还派遣二十名哥萨克骑兵做我的卫队，而我只要了四名。

我在九月初的烈日下出发，旅队的大铜铃在街上响着。离开疏勒时，引起当地人兴趣的，不是那几十个箱子的行李，而是押运行李的那四个哥萨克骑兵。忽然，一阵狗叫声引起了哥萨克骑兵的注意，他们看见一只狗汪汪叫着从街的另一头冲着我直扑过来。领头的骑兵立刻端起枪对准了那条冲过来的狗，我抬手拦住了他："不不，这是约尔达斯！这是我的约尔达斯！"

这只狗果然就是长大了的约尔达斯，它扑到我身上，使劲地摇着尾巴，向分别了两年的主人表示着亲热。

"哦，约尔达斯！分别两年了你居然还能认得我！奥尔得克呢？分别时不是他领着你吗？"

这时候奥尔得克也跑到了我面前："赫定老爷！赫定老爷！你果然又回来了！"

我开心地向他张开双臂："奥尔得克！我说过我要回来的。你是专门赶来跟随我的吗？"

奥尔得克点点头："那当然，老爷要到哪里去，我就跟随老爷到哪里去！"

"那好，这次我们要向东走，穿过罗布荒原，去寻找罗布湖。"

奥尔得克问："我们还要去阿不旦，去昆其康伯克的罗布湖吗？"

"不，在昆其康伯克的罗布湖北面，我想还应该有一个更大的湖，那才是真正的罗布湖！"

在离麦盖提不远的河岸上，我设立了一个船坞，指导当地的工匠们为我制造一条用于在河上漂流探险的船。这只船的前部盖上一层木板，我的帐幕就张在这上面。中部设有一个船舱，上面挂上黑布，准备当作暗室用。里面安放固定的桌子和板壁以及冲洗胶片的几只清水桶。船舱后面堆积着笨重的行李和食物，仆人们就在船尾部一架泥灶的周围活动和休息，因此我在航行的时候会有热茶饮用。两边设有一条狭窄的过道，用来连接船的前后部。这条船将做我三个月的住所。

塔里木河把我们引入亚洲腹地。我的又一次探险开始了。

我坐在写字用的箱子前，面前放着一页纸、罗盘、钢表、铅笔和望远镜。眺望着这条雄浑的河流，它绕着凶野的拐角向沙漠蜿蜒而进。我们像蜗牛般地带着我们的家出行，用不着我走一步路，前面的风景就悄然而迟缓地迎我而来了。每一转角都在我眼前展开新的图像：阴森的地岬、昏暗的丛林或茂密的苇田。奥尔得克用木板托着热茶和面包放在桌上。一种庄严的寂静包围着我们。只有当约尔达斯向着河岸边偶尔出现的牧人狂吠时，这种寂静才被打破。我熟悉了河的生命，我感到了它的脉动，每一天都叫我更清楚地认清它的习惯。我从未做过一次更有诗意的旅行，这种回忆让我永生难忘。

秋天到来了，树叶闪耀着黄色和红色。在胡杨林边宿营的傍晚。奥尔得克和伊斯拉木巴依在生火做饭，那几个哥萨克士兵无事可做，就开起留声机来。于是这荒原的岑寂就被俄国和瑞典的歌曲所冲破。

1899 年年底我们离开冬季大本营，重新踏上贯穿大沙漠的旅途。在沙漠深处，景物像月球上一样死寂，看不见一片落叶、一只动物的足迹，人类从未到过这里。

黄昏。仆人们找到了大堆干枯的胡杨树干埋在沙里的地方，生起了一大堆火。他们晚上在沙里掘孔，把红炭填在里面再用沙子盖上。夜里他们就在这温暖的床上睡觉，好像睡在中国客栈的炕上似的。

天上下雪了。没有帐篷。我坐在火堆边读书和写日记，因为雪花盖住了文字，不得不一再晃动书本，奥尔得克为我张开一张顶盖，这至少可以保护住我的脑袋。

十九世纪的最后一天我们走了二十四公里三百公尺，是我们在这艰巨的沙漠中最长的一天旅程。太阳没入云间了。当它在东方再次升起时，我在日记本上写上：1900 年 1 月 1 日。新的世纪开始了。

在一望无际的荒原里的孤独行进中，我们的驼队和另一支驼队不期而遇。

奥尔得克走上前去，和另一支驼队的人打招呼问路。片刻后，他带着对面驼队的首领走了过来，向我介绍道："赫定老爷，他是北面兴地村的猎驼人，他把他的妹妹和嫁奁送给都拉尔村的一个伯克，现在正要回到库鲁克山去。"

那个猎人名叫阿不都热依木。

奥尔得克指着阿不都热依木，"我听说罗布全境中认识阿提米希不拉克的人只有两个，他就是一个！他说，他曾为外国老爷带过过路。"

"阿提米希不拉克？"我立刻就想起了这个地名，"不就是科兹洛夫提到过的六十泉吗？"而阿不都热依木似乎是似曾相识地在看着跟随我的那几个哥萨克骑兵穿着的俄国军装。我拿出一本科兹洛夫的书，翻出扉叶上科兹洛夫的照片。

阿不都热依木连连点头："我认得他！我曾带他去过阿提米希不拉克！"

我兴奋地问他："我想要横过罗布沙漠，据科兹洛夫书上说，六十泉就是这个计划最合适的出发地点。你愿意陪同我们到那去，并把骆驼租给我用吗？"

阿不都热依木自豪地对奥尔得克说："这位老爷算是找对人了，在这一带只有我知道去阿提米希布拉克的路！"

3月5日，我们走过荒原中一条干涸的古河床。河床岸边屹立着一座已被风沙和岁月剥饰得残破不堪的古堡。

我带着哥萨克骑兵齐诺夫，罗布人奥尔得克和兴地山猎人阿不都热依木等，我们在冰上越过孔雀河，在河的对岸找到了成行的路牌和堡垒，这就是东方与西方交通的古道丝绸之路留下的痕迹。孔雀河曾经在这里流过，科兹洛夫曾经发现了这条干河。我们在营盘——或许是丝路古道上的一个驿站——接触到这干河几个拐角处。我发现了一处巨大的围城，有四个城门和许多倒塌的房屋和墙壁。有一座堡垒高达八公尺。

营盘还有活的胡杨树，但再往东一段路树全死了，树干就像墓地里的墓碑一样站着。

在一条向东延伸的干河床里，我眯起眼睛向前看去，河滩里有许许多多的白色贝壳，在阳光下闪着光。我在干河床的两岸，找到了成千上万的介壳，还有石斧等，这暗示了古代塔里木河曾流经这里，河滨一带一定有人类活动的遗迹。

荒原上，驼队在行进着。这片荒原的北部边际，横亘着的是一条没有任何生命迹象的库鲁克塔格山。

存水现在用完了，但我们离六十泉已不远。沿着鲁克山麓向东北走了一程之后，六十泉绿洲的黄色芦苇和昏黑的柽柳树林于3月23日在轻烟中浮起。

泉水结了冰，但由于地下的泉水不断涌出，使冰块裂开。

3月27日我们用羊皮囊带了水向南出发，依然是荒原，无边无际的荒原。但是忽然之间，探险队走进了一个让人感到诧异的地方，似乎是一座古城的遗址。

这是下午三点钟左右，在一个小泥岗上，我们忽然站住了，我们在这里看见了几间木屋的残余，自然在这里扎下了驻地。我测量这三间房子，大梁还保留着——但是什么时代的，就不得而知了。在这里我们找到了各种中国钱，两把铁斧和几块木刻。一块刻着手里拿着三股叉的人，另一块刻着头戴花冠的人，还有一块刻着莲花。

我们只有一把铁铲，只能不停地换人，人可以休息，铁铲却必须连续工作。

早晨。在被阳光拉长的古建筑的影子上，阿不都热依木和我们告别。尽管留恋，我们也得和这刚发现的古城告别，因为羊皮囊一路都在漏水。

阿不都热依木拿到一笔款子告辞向北回家。我派我的仆人库鲁带领两只骆驼和一切我们所发现的东西向西回大本营去。我自己则带领齐诺夫、苏发拉和奥尔得克，四只骆驼和一只狗继续向南穿过沙漠。

黄昏时分，我们在有几棵柽柳树的地方停下来扎营。

我指给他们看："这是一块洼地，里面还长着活着的柽柳。这里的水源不会很深，因此我们要掘一口井，来补充我们的水。"

奥尔得克在驮架上来回找着，一会儿后，他不得不懊恼地报告说："对不起，赫定老爷，我把铁铲忘记在那三间旧房子那里了！"

"奥尔得克呀，我们只有这一把铁铲啊！"我叹道。

奥尔得克内疚地道："赫定老爷，我错了。我回去把铁铲找回来。"

"奥尔得克，犯了这样的错误，我很替你难过，但铁铲必须取回来！"

奥尔得克点点头："放心吧老爷，我一定取回来！"

我拍拍他的肩膀："水不够了，我们不能在这里等你。如果你回来找不到我们的足迹，就只有往南或西南走，无论如何会走到喀拉库顺湖的。你骑我的坐骑去吧！"我把驼缰递到他手里。

奥尔得克眼里含着泪水，他接过驼缰，转身走了。

我们一行也跨上驼背，继续向南方走。

在奥尔得克走后两小时，突然刮起了一阵暴烈的东风。我们实在为他担心，因为这风极大地增加了他独行的危险。

第二天早上，仍不见奥尔得克的踪影。我们只能继续向西南走。傍晚，驼队横过一带矮的沙丘。苏发拉在这里找到了几段枯树，他喊道："老爷，这里有一些木头，我们可以用来生火。"

"那我们就在这里扎营吧。奥尔得克也许能看见我们营地的火光。"

几个人正在忙碌的时候，忽然约尔达斯汪汪地叫了起来。我们抬起头来，看到奥尔得克拿着铁铲，笑眯眯地出现在面前，这情景简直像是一个梦境。

哥萨克骑兵大叫一声："奥尔得克，真的是你吗？"

我惊喜地上前从他手中接过铁铲："奥尔得克，你怎么会在这里？不但找回了铁铲，而且走到了我们的前头？"

奥尔得克神情恍惚："赫定老爷，我也不知道是怎么回事，从昨天到今天，我好像是做了一场梦！我回头走了不久，就在暴风中迷了路。在风暴里我先是回到了丢铁铲的地方，找回了铁铲。风暴停了的时候，不知怎么的走到了一个有着古城堡和许多漂亮木板的地方。我只能尽力带出了两块，老爷你看！"

他从驼背上拿下了两块雕刻精美的古木板，呈现在我面前。

我被这两块精美绝伦的雕花木板惊呆了。

我激动地拥抱着奥尔得克："奥尔得克，奥尔得克，我要谢谢你！丢掉了铁铲，这是一种神赐的运气，否则我们永远也不会知道沙漠里藏着些什么东西！"

那三间残房，还有这两块漂亮的雕花木板，使我意识到在这死寂的荒原中一定有着被风沙埋没了的灿烂古代文明。但是立刻回头到那去吗？存水已经不允许了。上次穿越死亡沙漠的经历，让我选择只能先救这一行人的性命！

奥尔得克兴奋地："赫定老爷，明年你再来这里的时候，我一定把你带到那个有许多漂亮木板的城堡去！"

"一言为定！"我在心里发下了誓愿。

探险队在荒原上继续向西南行走。4月2日，登上一座沙丘，我的望远镜里终于出现了喀拉库顺湖。

湖上刮着一种清凉的东北风，湖水是淡的，野鸭和野鹅在水面上浮游着。我禁不住产生一种不可抑制的冲动，要到湖心洗掉一切沙漠的灰尘。划着自制的皮筏子，我们沿着荒凉的湖岸走了两天，却看不到一点儿人的足迹。简直就要挨饿了。第二天晚上，我们在南边看见泛起了一点炊烟，谢天谢地，我们终于又来到了罗布人的领地阿不旦。

但这已不是几年前我们到过的那个阿不旦了。

湖岸上，在罗布人简陋的芦苇棚边，是一圈已经颓败了的清末修建的要塞。

在一个比上次和昆其康伯克见面的那个四面透风的苇棚更加简陋的棚子里，我和昆齐康伯克的儿子托克塔阿洪见了面。招待客人的依然是一大锅鱼汤，但是当年的主人已不在了。

喝下一碗鱼汤后，我放下木碗："这么说，昆其康伯克已经去世了？"

托克塔阿洪点点头："是的。他对我说，赫定老爷还会来的，要我还像他在世时那样招待你，帮助你，说你愿意在阿不旦住多久都可以。"他沉默了一会儿，抬起头来，眼中含着泪水，"可是，我们已经不能在老阿不旦接待你了，阿不旦，我们的家，已经被废弃了！"

"为什么？"

托克塔阿洪说："因为水越来越浅，越来越咸，鱼也越来越少了。其实很多人早就想搬家了，但是父亲活着时不愿意离开阿不旦。父亲去世后，努米特继任了伯克，就领着大家迁到了这里。为了纪念我们的老家，我们把这里叫作新阿不旦！"

我充满感慨："阿不旦是好地方，昆齐康伯克说过，有水有鱼就是好地方。但是水咸了，鱼少了，阿不旦就不再是好地方了。"我看着托克塔阿洪，"要是再过一些年，这里，新阿不旦，也不适合居住生活了，

171

你们再搬到哪里去呢?"

托克塔阿洪有些茫然,更有些伤感地:"我不知道。父亲说过,人是水身上的虱子,水移动了,靠水过活的人也要跟随着移动。什么时候水没有了,我们罗布人的日子也就没有了!"

此后的几天里,我又用小艇在喀拉库顺湖上尽情地做了一次巡游,并测量着湖水的深度。昆齐康伯克当年的话堪称至理名言:人是水身上的虱子,水移动了,水边生活的人必定也跟随着它移动。那么,这片湖水到底会在多大的范围内移动呢?在罗布荒原的深处,奥尔得克发现美丽木雕的地方,千年以前既然有人类文明存在,就必然也曾经有水存在。只有水移走了,文明之花才会凋谢枯萎。那么,那片古代曾经有过的水移向了哪里呢?明年再来时,我希望能够解开这个谜。

第二年,1901 年 3 月 3 日,我们再次穿越荒原,终于驻扎在去年曾与之擦肩而过的那座古城的泥堡之下。面对这座古城,我觉得自己就像是驻节这里的西方使者,地球上从来无人对此地的存在有过一点儿知觉。而我第一件要做的事就是确定它经纬度:令人惊讶的是,这个古城的位置就在中国人的地图所标出的罗布湖的边上。

"赫定老爷,赫定老爷!"奥尔得克兴奋地呼喊着,他捧着一个刚刚挖出的破损了陶质水罐跑过来。

我接过那个水罐,久久地凝视并思考:

古代的人在古代的罗布湖边生活着并创造文明,这是十分合乎情理的事情。这湖后来的干涸,或许只是一种移动,因为河流改变了水道。面前的这座寺庙在当时无疑是被丛林所环绕,庙的南面平铺着庞大的水面,到处看得见房屋、堡垒、墙壁、花园、道路、旅行的商队和人群。而现在呢,住在这里的只有寂灭!

抬起头来，放眼环顾这一片了无生命迹象的罗布荒原。湖啊，那曾经在这里存在过又游移走了的大湖，有朝一日你还会回到被你抛弃了的故地吗？

奥尔得克在一边问："赫定老爷，你在想什么？"

"奥尔得克，我要说，你去年忘掉那把铁铲不是一个过失，而是一种运气，不然我永远也不会再回到这个古代的城来，永远完成不了这样伟大的发现。我们在这里找到了很多古代的纸片和木简，虽然现在我还不能解读这些文字，但是这个古城的发现，一定会给中亚古代史投下意想不到的光辉。奥尔得克，我要感谢你，并且我会想念你的！"

奥尔得克说："我也会想念你的，赫定老爷！是你的到来，改变了我的生活。你知道，奥尔得克是野鸭子的意思，一个幸运地飞到过古城的野鸭子，就再也不是过去那只在湖沼里飞来飞去觅食的野鸭子了。赫定老爷，你这次离开，还会回来吗？"

"会的，相信我的话，我还会回来的！如果一个人能有两个故乡，那么对我来说，一个是瑞典，另一个，就是罗布荒原。好好活着吧，野鸭子，我们还会重逢的！"

回到欧洲后，我把我在罗布沙漠中发现的文书木简等交给德国威斯巴登的语言学家卡尔·希姆莱做专题研究。希姆莱很快得出结论：

这个沙漠中的古城名叫：楼兰。

1902 年 11 月，我在俄国皇家学会地理学会就最新的罗布泊考察进展进行演讲。经过了这次的考察，我创造出一个"游移湖"的理论。这个"游移湖"的理论可以简单地这样表述：在公元 330 年以前，塔里木河向东注入楼兰南面的老罗布泊，即中国地图上的罗布泊。而在塔里木河改道以后，又向东南流入喀拉库顺地区的湖泊，这是一个新湖，也就是普尔热瓦尔斯基认为的罗布泊。新老两湖在地理上恰好有一个纬度的差距。普尔热瓦尔斯基没有考察到河流改道的因素，所以他才会认为是中国的地图弄错了。就我最近的几次考察的结果看来，自从普氏访问过后的几十年来，喀拉库顺湖很明显地露出了处在干涸过程中的趋向。芦苇在湖上侵占的地方越来越多，而湖沼面积越来越小。以至于罗布人在我的朋友、他们的首领昆齐康伯克逝世后便不得不放弃了他们家园阿不旦。基于我的观察，在此我要大胆做出如下的预言：喀拉库顺，也就是普氏的罗布湖将要干涸，这个塔里木河终端的大湖将要北返到以前的罗布湖存在的地方，也就是回到它在汉唐时代的故地。我坚信这一点！

我的预言引起会场上一片哗然。

我继续说："我想把罗布湖，比喻成塔里木河钟摆上的挂锤，或者是上帝计时的一个沙漏。钟摆摇到左边，还将摆回右边；沙漏一端流完了，翻过来就流向另一边。那么塔里木河的水呢？在这个自然的时钟上，历史的钟锤不会停止，它必然还要摆动！"

科兹洛夫问："那么你的这个钟锤的摆动周期是多久呢？"

"我认为，它在南北两个湖盆之间的摆动周期是在一千五百年左右。"

科兹洛夫嘲讽地回答："那么你认为我们能看到它摆动的结果吗？"

"罗布湖何时返回原处，这要上帝才能决定。"

我以坚定的目光，注视着整个大厅里反对我这个观点的人。

回　　归

我再次回到中国已是二十多年以后。

这时的我按中国人的说法已经年过花甲，并誉满全球。我的到来是

174

率领德国和瑞典的科学家为德国汉莎航空公司开辟横贯中国的欧亚航线做学术调查。但这时的中国，已不是外国探险家可以随意出入的时代了。通过与中国方面漫长的谈判，最终与中国学术团体联合组建了中国西北科学考察团。我作为外方团长，中方的团长是徐炳昶。考察团出发似乎是顺利的，但谁也没有料到这个中外联合的科学考察团将在此后的八年中历经多少磨难！

1928年2月20日早上，在吐鲁番驿道上的一家客栈，我和考察团员陈宗器起床后站在院子里刷牙洗脸。

店主从伙房里端出一碗牛肉面放到院子里的小桌上，冲一间房子大声喊道："托克塔阿洪，托克塔阿洪，别睡懒觉啦，你今天不是还要返回铁干里克吗？"

我闻声一惊："托克塔阿洪？"用手抹掉了嘴唇上的牙膏沫。

陈宗器见状问："赫定先生，您怎么了？"

"托克塔阿洪？昆其康伯克的儿子就叫托克塔阿洪！难道他会在这里？"

陈宗器连忙问店主人："老板，你叫的托克塔阿洪是谁？"

店主道："是我的老主顾啊，他是来往于铁干里克和吐鲁番的生意人，见多识广，只要来吐鲁番，总是住在我的店里。"

"他在哪里？你说的托克塔阿洪！"我抑不住激动要见他。

这时候一个门帘一掀，一个三十多岁的维吾尔人睡眼惺忪地走了出来。店主朝他一指："他就是托克塔阿洪。"

那个人有些诧异地看着我这个外国老头："我就是托克塔阿洪，你找我吗？"

显然这不是我认识的那个托克塔阿洪。我告诉他："我认识的那个托克塔阿洪，现在应该有六十多岁了，他是铁干里克南面大湖里的罗布人，你认识他吗？"

这个托克塔阿洪摇摇头："铁干里克南面人太少了，我们生意人一般不会去那里。我只在铁干里克那里买尉犁人的羊，然后拿到吐鲁番的巴扎上来买，每年来回四趟，一年的生活就有着落了。"

我问他每年都要来回铁干里克和这里，走的都是哪一条路？

托克塔阿洪有点奇怪地看着我："你对我走的路有兴趣吗？"

"有啊，我对铁干里克那里很熟，不过我过去都是沿着塔里木河从西向东到那里，从东到西去那里怎么走，我还不知道，所以向你请教，因为以后我还要再去那里。"

托克塔阿洪有些得意地说："这件事你问我就算问对人了，"他拿起碗上的筷子反过来在地上画着线路，并用小桌上吃剩的杏核来标明地点："你看，这里是吐鲁番，我去铁干里克贩羊，要走托克逊、库米什、乌什塔拉……到库尔勒。从库尔勒向南，走尉犁、阿克苏甫，再到营盘。"

我点点头："营盘这地方我去过，那里古代是个有很多人驻扎的营盘，可是现在，除了废墟，就什么也没有了。"

托克塔阿洪说："不，营盘有人，那个地方因为河水太深，徒步涉不过河去，所以就有人专门在那里设了渡口，摆渡来回的人……"

"等等，你是说营盘那里有河水，还有渡口？"

托克塔阿洪说："是啊。"

"这不可能！"我斩钉截铁地对陈宗器说："1900 年我在那里做过考察，那里不但没有一滴水，更不可能有什么渡口！陈，你去把我的那张地图拿来。"

托克塔洪不高兴地说："谁说营盘没有河？那里明明有一条大河，我每年运的羊，都是在那里摆的渡。难道我还骗你不成？我们维吾尔族人是诚实的!"

我仍不相信:"你真的能肯定营盘那里有一条大河?"

这时候陈宗器已经拿来了地图,店主人从小桌上端开了那碗牛肉面,地图被铺在了桌上。

我指着地图说:"这张图是我1900年根据实测而绘制的,你看,营盘这里,根本就没有河流。干涸的古河床倒是有一条,它至少已经干涸了一千年之久,在楼兰王国鼎盛时期,它一定是有水的,这也正是营盘遗址存在的依据。但现在它叫作库鲁克河,维语的意思就是干河!"

托克塔阿洪说:"库鲁克河,这就对了嘛! 不过它现在已经不叫库鲁克河了,自从有了水,当地人就叫它库姆河了!"

我太惊讶了:"干河怎么会有水呢?"

托克塔阿洪解释道:"哦,我忘了告诉你了,过去我父亲贩羊的时候,营盘那里确实是没有水的。可是七年前塔里木河发了一次洪水,听说尉犁的一个农民在河边用砍土曼刨开了一个口子想浇他的地,可河水就从他的地里改道了。从那以后营盘附近的干河里就来了大水,而且越流越大,现在营盘南边河水已经比一人还要深了。"

这个意外的消息简直像闪电击中了我:"这么说,上帝把他的沙漏翻转了,塔里木河的钟锤真的向回摆动了!"

陈宗器看到我一瞬间目瞪口呆的样子,轻轻地拉了拉我的衣袖:"赫定先生,您怎么了?"

我回过神来,一把抓住他:"陈,亲爱的陈,你知道我的那个游移湖的理论吗? 你知道这个消息对我来说意味着什么吗?"

陈宗器也开始激动了起来:"您是说,罗布荒原的水系已经北移?

"只有一个原因能使营盘附近的孔雀河——也就是库鲁克河波涛汹涌,而它的直接后果必然就是塔里木河和孔雀河的共同终端湖——罗布

177

泊，又回到了罗布荒原北方的古老湖盆，也就是你们中国人的地图上早就标明了的位置！"

陈宗器说："这就是说，塔里木河七年前的改道，已经证实了您的游移湖理论？"

我无比感慨："作为一个预言，我大胆地说过：罗布泊有可能被造物主放回到一千五百年前的位置。但是一个人只有不到一百年的寿命，我不敢奢望自己能在有生之年看到这个结果，造物主是多么垂青我，它竟然让我亲身感受到了它那根拨动历史指针的手指！罗布湖啊，我多么渴望立刻就能到你的身边去，去看一看楼兰古城的佛塔映在你水中的倒影！"

陈宗器无比羡慕地说："赫定先生，您真是太幸运了！我愿意陪您一同到复活了的罗布泊去！"

我高兴地拍着托克塔阿洪的肩膀："谢谢你，年轻人！你给了我天大的好消息，我恨不能马上就跟着你到营盘去，再从那里顺河而下，去楼兰古城！"

但这时候，徐炳昶团长发来了电报，电报中说新疆省的杨督军正召唤整个考察团到乌鲁木齐去与他会面。

我的身体在从吐鲁番通向乌鲁木齐的驿道上摇晃着，但是心已经飞到了千里之外的罗布泊。我知道在远山的另一侧，塔里木河终于又返回了旧河床，重新流向了千年以前被它抛弃了的楼兰城。尽管河流摆动一次的周期要经历许多世纪，但我还是很幸运地活着看到了我自己的理论被大自然所证实。现在楼兰及其附近地方已经复苏，干河床有了来水，并有鱼类、两栖类和草原动物活动，柽柳和胡杨又将绿满河岸。与纪元初一样，春天树梢的雨点将奏响其美妙的乐曲，在我的想象中，那一片迷人的湖水正在波光荡漾。

在乌鲁木齐，一长溜蓝色的别克轿车载着我和其他考察团成员们穿过像无底泥潭一样的路面。车队沿着俄式与维吾尔式建筑混杂的街道向前走，穿过汉城的巨大城门，来到了督军府。一间长方形的、四面斑驳相当简陋的大厅中间摆着一张大长桌子。这让我想起了当年在北京和李鸿章的会见。

新疆督军杨增新坐在长桌一侧的正中。他六十多岁年纪、高个子、身板硬朗，长着挺拔的鼻梁和雪白的山羊胡子，头高昂着，给人一种不怒而威的印象。徐炳昶告诉我：这位杨增新是云南人，从军队里一点点升上来，直到担任新疆督军，从辛亥革命那一年至今已经十七年了。在以铁腕治疆的过程中，他鼓励商业、修建道路、进口汽车、创建了电站和一个工业作坊，现在还忙于新的建设计划。不管怎么说，自从中国内战爆发以来，他一直将新疆置于战事之外，仅就这一点来讲，应该是值得敬佩的。

我和徐被安排坐在了这位新疆的独裁者的对面。一番寒暄之后，杨增新对我说："赫定先生，据我所知，你已经数次进入新疆了。我知道，同样是西方的探险家，斯坦因挖走了我们很多古董，而你只是考察山川河流。"

"督军先生，我是一个科学家，我感兴趣的只是大地。"

杨增新不无讽刺地道："我不知道斯坦因为什么要费那么大的劲跑到沙漠里去找古迹，他到我这里来就可以找到丰富的考古内容，你们瞧，这里的一切都摇摇欲坠，连墙皮都古老得一块块脱落了，就像被他剥下来的那些壁画。"

我向他声明：我对西方人前来剥取壁画的行为和中国人一样深恶痛绝！

杨增新笑了："所以你是受欢迎的！"

这时候，侍从们已经在桌上的酒杯中倒上了香槟酒。

杨督军微笑着端起酒杯："赫定先生，徐教授，我欢迎你们一行来到这里！中瑞联合科学考察团的到来，我认为对新疆，乃至对中国是一件幸事。你们将从这辽阔的大省里探索出自然的秘密，你们会发现宝贵的金属矿和煤矿，并在我们自己努力的前提下教会我们怎样使新疆繁荣。我将在各方面支持你们的活动，并视它为我的职责。"

杨将军对我们的接见，使我印象深刻。我幸运地感到：新疆有他稳健的执政，会享有和平和繁荣；而我们有他热情的支持，也将圆满地完成科学考察任务。

接见以后，杨增新在督军府的院子里和考团成员们合影留念。

站在正中杨增新两边的，依次是我、樊耀南、徐炳昶和金树仁。

但这是一张预兆着不祥的凶照。

就在此后不久，不幸的事件发生了。德高望重的杨将军被刺身亡，指使凶手的人据说是在照片上站在杨将军左边的樊耀南；而随后，他又被站在杨将军右边的金树仁残忍地杀死。

杨增新死了。新疆的大权落入了金树仁之手。从此，新疆的战乱和苦难开始了。我们的考察计划被腰斩，这支科学考察队伍也在战乱和苦难中历尽艰辛！

在西北科学考察团经历了几年的困境之后，1933 年 6 月 28 日，我在北平参加了德国公使馆款待蒋介石先生军事顾问德国将军泽克特的宴会。我万万没有想到，这次宴会强烈地影响到了我未来的命运。

一位身着燕尾服的友善的高个子中国人端着酒杯来到了我面前，自我介绍是中国的外交部次长刘崇杰，他是南京政府派驻北平与各国使馆的联络人。他说他知道由我率领的西北科学考察团取得了很大的成就，但也在经历着种种困难。

我如遇知音，因为我正想和中国政府的要人好好谈一谈关于新疆的事情。我终于得到了一个侃侃而谈的机会：

"新疆，顾名思义，是中国最新的边疆。乾隆皇帝统治中国时，在他的庞大帝国周围建立起了一个由附属国组成的半圆形缓冲带。这些附属国严密地控制在中国最高当局手中。可是如今他们与中央政府的联系已经少到了十分可怜的地步。共和以来，中国已经失去了西藏、外蒙和热河在内的满洲。如今内蒙古也受到严重威胁。新疆虽说仍属于中国，但是杨增新被刺后，爆发了内战。如果政府再不重视新疆的事情，那么用不了多久，中国也将失去它！"

"您认为我们应该怎么办？"这位中华民国的副部长问。

"我想应该加强中国本土与新疆的联系。第一步是修筑并维护好二者之间的公路；第二步是铺设通往亚洲腹地的铁路。以新疆目前的情况来看，中国人以及在印度的英国人，都无法与俄国人竞争新疆市场。俄国人依仗方便的交通，已经基本上占领了这块地盘。他们有极好的公路线，通往喀什噶尔、霍尔果斯、塔城和阿勒泰；并且他们正在使这些公路变得更好。而中国方面呢？你们离身体最远的一部分已经被俄国人握在了手里，而你们联结这一部分的动脉却并不通畅！"

刘崇杰如遇知音："赫定先生，这是一个十分重要的问题，我们可以约个时间专门来谈它吗？"

第二天，在刘崇杰的办公室。我指着墙上挂着的中国地图和他继续谈论新疆问题："刘先生，1928年2月20日早晨，我在吐鲁番得知了塔里木河改道这个重要的地理信息。这条飘忽不定的河流，如今又回到了它两千年前的故道之中，回到了丝绸之路的边上——丝绸之路，这是我的老师李希霍芬教授给它的命名！我要说的是，塔里木河的改道、罗

181

布泊的回归，使那里再次出现两千年前丝绸之路繁盛时期的自然景象。面对这样的变化，我们有理由提问：这条沉睡了大约一千六百年的古道，为什么不该再一次苏醒？敦煌与楼兰旧时的密切关系到了可以恢复的时候了！"

我的话点燃了刘崇杰的激情："请您说得更详细一些。"

"塔里木河改道对中华民国可能意味的事情，应该说一目了然。这个值得注意的地形学与水文学事件，使政府具备了重新打开那条古老通道的基本条件。如同汉代那样，一条从中国内地的敦煌、楼兰、沿天山南麓直到喀什噶尔的完好交通线完全可能建立！那时，从北京乘汽车到中国西部尽头的喀什噶尔只需要用两到三周时间，而现在完成这一旅行却要骑骆驼走上四个月。"

刘崇杰大感兴趣："您是说，如果实施这一计划，将会大大地缩短中国内地与西部属地的距离，加之有见地的汽车编组运输，就会把新疆的产品直接运送到沿海，再从那里把进口产品运回新疆！"

"人们从中国内地去新疆旅行，就再不用绕道借助俄国的西伯利亚大铁路，四千公里的路程会迅速便利地跨越，新疆与内地的交通，那时将会完全控制在中国自己的国土之内。虽然俄国的尼古拉二世沙皇曾经热心资助过我的中亚探险，但我的这个设想却是完全站在中国人立场上的考虑。"

我们两人的手紧紧地握在了一起。

我没有料到中国政府会立即委托我来做这件事。不久之后，刘崇杰从南京发来电报，说行政院长希望尽快在南京见到我。为此，我离开北京去往这个共和国的首都南京。我意识到我的命运将要发生重大转折，我对自己能够为中国政府服务而感到高兴。我会尽最大努力报答中国人自1890年以来给予我的友好接待，并且没有哪一个人会像我一样真诚地希望办成这件事，给中国带来些实际的利益。如果有可能组建一支新的考察团前去勘查备忘录中提到的路线，那么我将有机会沿着 1921 年形成的塔里木河新河道前往楼兰古城，去实际调查丝绸之路上我仍不了解的路段。

我在南京时，高出玄武湖八百英尺的紫金山天文台兴建工程已接近尾声。从那里下坡不远，是我的中国同事和朋友陈宗器的住处——地磁观测台。当我出现在他面前时，陈宗器正在仪器前埋头工作，我的到来使他异常惊喜："赫定先生，您怎么会在这里出现？"

我实在是有些得意非凡："中国政府委托我组建一支汽车旅行团去新疆。我已提出申请，要你参加这次汽车旅行！"

陈宗器大喜过望："真的吗？这么说，我们那个不幸夭折的西北科学考察计划，又可以借这个汽车考察行动继续进行了！"

"当然，这个考察团有这次行动的主要任务：做公路建设的考察。政府任命我为这个团的领导，还给我一个'铁道部顾问'的头衔。去时选择北路，穿过戈壁沙漠到哈密。归程走古丝绸之路，顺便可以调查 1921 年形成的塔里木河下游的新河道和新的罗布泊，并且专门研究一下楼兰，看看有否在这个中国古代殖民地周围开拓和灌溉的可能性。"

陈宗器不无担心地说："可是新疆现在正在打仗啊，新的新疆统治者盛世才和年轻气盛的叛军将领马仲英正相持不下呢！"

"所以政府规定，考察团必须在新疆内部纠纷中严守中立，不得介入政治。谁都清楚，介入政治就等于葬送我们的事业！"

不久以后，我们的汽车队：两辆轿车四台卡车，便开始穿过战火中的新疆大地。从车窗望出去，路边看到的是燃烧的村庄，炸断的树木，还有人和马的尸体。

或许有必要简单叙述一下新疆内战的背景：

1928 年杨增新被刺杀，新疆的和平时期结束了。

金树仁掌握了大权，但他的暴虐、贪婪和重赋很快就导致了哈密维吾尔人和天山哈萨克人的造反，造反者遭到了残酷的镇压。失败的造反者于 1930 年派人去甘肃向年轻的东干将军马仲英求援，引起了马仲英征伐并立足新疆的念头，但他第一次对新疆的进军并不顺利。就在马仲英积蓄力量，准备东山再起时，吐鲁番又爆发了大规模的维吾尔人起义。金树仁派盛世才带兵前去镇压，这给了盛世才扬名立业的机会。镇压使吐鲁番的城镇化为灰烬，使哈密的王宫变成废墟。但残暴的行径激起了维吾尔人更大的反抗。1933 年 1 月，他们群起向乌鲁木齐进攻，乌鲁木齐成为一座孤岛。所幸乌鲁木齐城中居住着许多在俄国十月革命后流亡来的俄国移民，这些前沙皇的臣民中有不少参加过第一次世界大战，有着良好的组织和战斗经验，正是靠着他们的顽强作战，乌鲁木齐才避免了陷落的命运。然而这一功绩非但没有受到奖赏，反而引起金树仁的疑忌。当俄国人喊叫要乘胜追击时，他按兵不动；当俄国人要求战马时，他只给一些老瘦的马匹并且没有马鞍。于是被激怒了的俄国人转而攻打金树仁的府衙。金树仁被赶走了，手握兵权的盛世才成为新疆督办，成为这个远方大省的军事独裁者。没过多久，维吾尔人再次武装起来，并于 1933 年 5 月第二次请求马仲英的帮助。这次马仲英率军长驱直入新疆，开始了和盛世才军队的拉锯战。在一段时间内，马仲英成了从哈密到库尔勒、库车、喀什噶尔这一广大地区的实际统治者。而盛世才则从背后的大国搬来了苏联红军的飞机和坦克，同时还利用着乌鲁木齐城里的那些前沙皇白军骑兵，与马仲英部进行着激战。

这场战争使整个新疆地区陷于瘫痪，并毁掉了新疆与中国本土的所有脆弱联系。

就是这样情形下，在库尔勒，我们成了马仲英军队的俘虏。

一天夜里，考察队驻地的院门被粗暴地敲开了，闯进来的驻军张司令宣布了马仲英从前方发来的命令：要求征用汽车。

我强硬地回答着，强调每一个字："我们是为中央政府工作的，我必须执行政府的命令。汽车不是我们私人的，我无权外借。"

于是一群士兵开始对我们大打出手。一阵暴打后，我们被剥去了上衣，推到了院墙边。一群士兵端起了枪，步枪的枪栓咔咔地响着，看来只等一声令下，他们就会开火。

接下来的是沉默。一片强烈对峙中的沉默。

在那生命即将离去的一瞬间，我想到了瑞典——我可爱的家乡；想到了需要我担负起责任的年轻人，想到我们所肩负的中央政府的考察计划，再过半分钟，这一切都会随着枪声而结束。不，我们不能就这样死去，我和我伙伴的生命要比一辆汽车贵重得多！在墙边，我大声喊出来："我们会被枪毙的，答应给他们汽车！"

瑞典人乔格用平静低沉的声音翻译了我的命令。形势立刻发生了变化，对准我们的枪放了下来。

"早这样答应了，你们不就不吃这一顿苦了吗？"张司令的口气开始缓和了："其实我也不愿意用这种方式逼你们，但是马司令的命令执行不了我就得掉脑袋！现在战局对我们不利，盛世才这个狗日的请来了俄国人，他妈的从苏联来的红军和流亡在外的白军为了对付马司令倒合成了一家！现在乌鲁木齐已经被俄国人占领了，马司令急着要把他的部署命令送到库车和阿克苏去，所以除了征用你们的汽车没别的办法。"

我对他说："马司令曾经承诺在他的势力范围之内要好好招待我们，但他的部队却用暴力对付他的客人，并且还强征中央政府的车辆！"

张司令耸耸肩道："战争中没有法律和义务可言。除了执行命令，我别无选择。"

继续行动是不可能了。我们在考察队的驻地门口，升起了中瑞两国国旗。大门上还挂着一面红十字旗。下面写着的汉字，表明了我们的尊严：

中央政府铁道部，绥远—新疆公路考察团。

虽然在软禁中，但生活还得继续。有一张照片记录了我们当时的生活情景：

在院子的一边，马仲英部的一个老兵正在为乔格理发，尤寅照和另一名工程师龚继成在一边观看。另一边，瑞典医生赫默尔在为受伤的马仲英部的伤兵处理着伤口。

忽然，北面天上传来了清晰的嗡嗡声。一个马仲英部的士兵慌忙地从门口探进头来喊道："老毛子的飞机来轰炸了！"

顿时，在院里监视考察团的士兵们全都跑了出去，连那个伤兵也不例外。

我的团员们仰起头来，看到了几架飞机，它们在小城上空盘旋着降低高度，然后投下了几颗炸弹。随之外面不远处便响起了爆炸声。

贝格曼等几个瑞典人连忙在院子里的地上铺开一面很大的瑞典国旗和一面红十字标志。飞机再次俯冲下来，我只能站在一边祈祷："上帝保佑我们，但愿那些俄国人能看到我们的标志！"

好在这次投下的不是炸弹，而是一片飞扬的传单。有几张传单落进了院子里。陈宗器捡起一张递给我，传单上赫然印着新疆督办盛世才的名字和他的印章。

陈宗器说："看来，马仲英败局已定了。"

这时候到外面去探听消息的尤寅照跑进来兴奋地报告："马仲英部队全都撤了！俄国人的军队就要进城了！"

第二天上午，我们被新的占领者传唤，跟在一个俄国军官后面前去见进驻库尔勒的俄国骑兵司令。肮脏的街面上拴着许多俄国兵的战马，头朝着店铺，尾巴冲着街心，而那些哥萨克骑兵则坐在店铺门口的台阶上抽着烟。

我们走进了一座中式大宅。俄国骑兵司令沃尔金微笑着迎接了我们，他甚至向我敬了一个军礼："我听说大名鼎鼎的赫定教授被马仲英囚禁在了这里，现在好了，你们被解救了！"

我也向他致意："准确地说，我们是被软禁的。谢天谢地，他对我们还不算过分无礼。"

沃尔金好奇地问："你们见到马仲英本人了吗？"

"很遗憾没有见到他，三天前他离开了这里，强行带走了我们的四名司机和四辆卡车。"

沃尔金说："马仲英把美丽富饶的新疆变成了一片荒芜的沙漠。但我本人认为他确实是个英勇的军人，无论是飞机轰炸还是大军压境都吓不倒他。现在好了，他的逃亡，将使新疆掀开新的一页。"

我拿出护照递过去："将军，这是南京政府给我们一行的护照，请验看。我想向将军提出几项请求：一、尽快找回我们的车辆和司机；二、希望准许我们去罗布泊，在那里等待时局安定；三、当条件许可时，按我们原来的计划去喀什噶尔和伊犁、塔城；最后我们需要发信和打电报。"

沃尔金将军说："这些事宜我会向别克迭夫将军报告。但是，在此我也要转达别克迭夫将军对你们的不满：他很奇怪您这样一位令人尊敬的人为什么会用汽车帮助马仲英逃跑？他是我们的敌人，也是全省的敌人！"

我苦笑："将军，如果您手无寸铁，落入士兵们手中，被他们用枪逼着提出要求，您将怎么办？"

沃尔金有点为难，微笑着回答："可是你们有南京政府的护照，这上面明确写着你们的权限和身份，你们完全有理由拒绝。"

"将军，毕竟我们一行人的生命比汽车更重要，而我们担负的使命则比生命更重要！"

沃尔金歉意地："对不起教授，我只是奉命向您提问。我想，当明天或后天别克迭夫将军到这里来时，他会亲自和您交谈的。"

"顺便问一句，这位别克迭夫将军，他是从苏联国内派来的，还是……"

沃尔金说："不，别克迭夫将军在国内革命后就移居乌鲁木齐了，他说他认识您。"

这么说，这位别克迭夫是我的老相识！他曾在沙皇的军队中升到很高的职位，但是俄国革命后便流亡乌鲁木齐，以教俄语为生住了十三年。我想完全是因为这次新疆战争的爆发，才给了他重新当将军的机会，他是被盛世才任命的北军总司令！当年被革命赶出来的前沙皇军人，和苏联现政府派出的红军部队，竟然在帮助盛世才的战争中组成了一支联军，这实在是一件很有意味的事情！

两天后，我们一行受到了别克迭夫将军的接见，他笑容可掬地向我伸出双手："啊，尊敬的赫定博士，我很高兴马仲英这个魔王没有把你杀掉！"

我也开心地大笑："老朋友，真没想到我们会在这里见面。"

但是别克迭夫的脸忽然严肃了起来，一本正经地说："作为盛督办委派的司令官，我不得不询问你一个他所关心的问题：南京政府怎么会把一个汽车考察团送到战场上去？而且你们来了这么久，为什么不通知盛世才长官？"

对此我解释道："原因是显而易见的。当我们到达哈密时，通往吐鲁番、焉耆、库尔勒的道路全在马仲英的控制之下，我们是中立的，不得不考虑现实情况，如果我们表示自己属于乌鲁木齐方面，就会立刻被逮捕。不过现在战争形势已经明朗，去乌鲁木齐的道路应该已经通了，不论有没有汽车，我们都想立即去首府拜访盛世才将军。"

别克迭夫说："好吧，我想你的解释是合情合理的。你知道，对这件事，我必须要给盛督办一个交代。"接着，他的面部表情又放松了："博士，你还记得我们最后一次见面是什么时候吗？"

"是1928年秋天吧，杨增新被刺后，金树仁夺得了新疆的大权。"

别克迭夫笑道："是啊是啊，当时你们正计划从乌鲁木齐去罗布泊，但是金树仁有意刁难你们，使你们不能成行。但是现在，去罗布泊的钥匙已经不在金树仁的手中了！"

"我知道，现在新疆所有事务的决定权，都在盛世才督办手中。"

别克迭夫道："当然，连我的指挥权也是他授予的。我需要请示一下盛督办，看他是否能会见你们。"

而此刻我心里却在盘算着要尽可能地拖延去乌鲁木齐的时间。从别克迭夫的谈话中可以看出，由于我们把汽车借给了马仲英，引起了盛世才的极大不满，如果到了乌鲁木齐，也许会被当成间谍或通敌者长期监禁。

我从皮包里扯出一张地图铺展在桌上："老朋友，你看，这是罗布泊地区的大比例地图，两千年前的丝绸之路就通过这里。现在南京政府想重建这条世界上最长的路，不是骆驼路，而是真正的汽车公路。我们的工作就是实地勘察这条路线。这项伟大工作的意义，远比这场不幸的战争重要得多。在我看来，目前盛督办和马仲英之间的这场战争，不过是历史长河中的一瞬间，而我们的工作却是为了和平，唤醒和帮助人民发展贸易，加强各绿洲间的交通联系，使这里兴旺发达。令人吃惊的是，竟会有人认为我们是来参加这场战争的，这简直太不可思议了！"

别克选夫注意地听完，然后说："你们目前已在南疆，我看你们不妨先去罗布泊，然后去喀什噶尔，最后再去乌鲁木齐怎么样？"

我的心跳突然开始加速："如果能这样安排，那我太感谢了！"

别克选夫说："当然，这还要征得盛督办的同意。"

从俄国司令部回来以后，陈宗器说："那个俄国将军的建议不错，我们真的能从这里脱身去罗布泊吗？"

赫默尔说："听说盛世才这个人很不好打交道，他要是对我们心存疑虑，我们的行动就会受到限制。"

"这样吧，我已经起草了给盛世才的电报，告诉他我们考察团的任务。出于礼貌，我们还是要提出先希望到省府去拜会他。"

傍晚的时候，一个俄军少校到营地来将一份信件交给我："赫定博士，别克选夫将军派我来告诉您：你们的汽车已经找到，今晚就可以开回库尔勒。"

队员们大感兴奋：这真是太好了！

少校接着说："另外盛督办刚发来一封电报，他说最近从库尔勒到乌鲁木齐的道路仍有小股敌人出没，他不能保证考察团的安全，因此你们现在还不能去省府，他建议你们可以先到罗布泊去考察那里的灌溉问题，最好在那里待两个月以后再去省府见他。"

我简直不敢相信自己的耳朵，但必须强压狂喜："当然了，恭敬不如从命——"我故意看了一下周围的人，"我们也只好委屈一下自己，就按盛督办的吩咐先去罗布泊吧。"

少校完成了他的信使任务，礼貌地敬了一个礼，转身离开了。

全院子里的人都目送他离开，当他走出了一段距离，我忍不住摘下头上的帽子扔向空中，顿子院子里爆发出一阵欢呼："罗布泊！我们终于可以去罗布泊了！"

后来当我们被盛世才困在乌鲁木齐时，才知道这次去罗布泊实在是天赐良机，否则，我将永远与这复活了的大湖失之交臂！"

1934年4月1日。库尔勒的又一个清晨。

汽车队从库尔勒小城的南门开了出来，车行向东，前方是刚刚升起的太阳。

去罗布泊对我来说意味着出现了光辉的前景。在考察计划中，我向南京政府提出过塔里木河下游及孔雀河的利用问题：引水入罗布沙漠，使两千年前的古楼兰城复活，把那里的冲积平原变成良田和花园，这情景在三十四年前——我发现楼兰废墟时就曾经梦想过。楼兰曾经是有水的，它将来也应该有水！

1921年改道的塔里木河河水，首先使下游久已干涸的孔雀河恢复了生命。在河岸边，队员们在这里做着出发前的准备，捆绑各种所需用品。要过河的行李，在暮色中装上了汽车。考察团在这里兵分两路。我、陈宗器和龚继成走水路。

孔雀河边已经放了六只大独木舟和一些小独木舟。一些雇来的船工在舟边忙着。还是按照过去漂游塔里木河的经验，两条独木舟用绳子绑在一起，上面搭上木板就改装成了带甲板的工作船。在我的"旗舰"上，依然是放了个木箱当桌子，把"床"卷起来绑好了当靠背。我又坐到了将要工作的位置上。我将又一次开始在中亚河流上的浪漫旅行。这次旅行比以往更加重要，我们要解开神奇的罗布泊之谜，我会亲眼看到我在世纪初提出的大胆预言变为现实。

船队沿孔雀河顺流而下。

天上没有风，船队排成一排忽前忽后地漂流，独木舟上传来船工的阵阵号子声，桨声随着号子声起伏着。我坐在船上，手里拿着指南针、表和铅笔在绘图。陈宗器在另一条船上忙着测量着流速和水深。

快到傍晚的时候，忽然前面的船工大声喊起来："奥尔得克——开迪勒！"

我闻声一怔："奥尔得克——开迪勒？野鸭子——飞来了？"

我抬头向河面看去，河面上并没有野鸭子。但当我把目光投向河岸时，看到河岸上有两个骑马的人，正打着马向船的方向飞奔而来。我意识到马上的一个白胡子老人正是我当年的老仆人——奥尔得克。

我激动地在船上站了起来，用手拢在嘴前大声地呼喊道："奥尔得克！奥尔得克！是你吗？"

船斜穿过河面在马匹停下的地方靠了岸。两个饱经沧桑的老朋友在岸边见了面。奥尔得克眼含热泪拉住我的双手，艰苦的岁月在他手上留下了厚厚的老茧。他一时激动得说不出话来，只是喃喃地道："赫定老爷！赫定老爷！"

我仔细打量着他，时光的磨难留在了他脸上，额头上刻下了深深的皱纹。他很瘦，胡子挂在尖尖的下巴上，戴着一顶羊皮镶边的破帽子，披着已经发白的破旧维式短大衣，腰上扎条布带子，脚上那一双破靴子告诉人们它曾经穿行过了多少沙漠、草原和树丛。

"喂，奥尔得克，我们分手三十三年了，你生活得好吗？"

奥尔得克说："真主保佑，赫定老爷，自从为你工作以来我一直生活得不错，但是我以为今生再也见不到你了！"

这时候一只狗跑到他的脚下汪汪地叫着，低头一看，这只狗宛如当年的约尔达斯。我不禁蹲下身来摸着狗头，疑惑地说："上帝啊，这是约尔达斯吗？"

奥尔得克开心地笑了："老爷，它是叫约尔达斯，当然不是当年的那一条了，它活不了那么久。自从它死了以后，我每次养狗都要找一条长得像它的，这已经是第三条约尔达斯了，还不算死在沙漠里的最早的那一条。"他得意地拍着狗脖子："约尔达斯，这是我的主人，也是你的主人！"

他对约尔达斯的感情使我深受感动："你怎么知道我会从这里顺流而下？"

奥尔得克道："噢，我在卡拉的家里听说你已经来了一个月了，我要去库尔勒找你，但被马仲英的骑兵挡住了。三十三年前你说过一定还会回来，如果不是为了等你，我可能已经去见真主。你当年的仆人不少已经死了，但我真高兴终于活着见到了你！"奥尔得克指指他边上的中年人："噢，这是我的儿子，我已经老了，但是他还可以为你服务。"

儿子看看天道："父亲，天不早了，让我们到前面去为船队找一块宿营地，还可以找一些枯树用来生火。"

奥尔得克和他儿子上了马沿河向前跑去，这时候太阳开始收起了它的余晖。

而那条狗约尔达斯，却像老熟人一样地蹲在了我的腿边。

离开我们在孔雀河上的最后一个宿营地铁门关时，我对陈宗器说："陈，我们在这里将和胡杨树告别，再往前孔雀河就进入了沙漠地带，我们将是第一个在这新河道上航行的人，并要绘制它的详细地图。"

陈宗器问："1921 年，改道的河水就是从这里闯进沙漠的吗？"

我强调着："更确切地说，它是回到了公元 1 至 4 世纪的故道中去了，它当年就是沿着这条路一直流向楼兰城下。"

船队在沙漠中的河流上漂流着。岸壁上露出的柽柳和芦苇根像帘子一样挂在那里轻拂着水面。四周像坟墓一样寂静。岸边的沙丘上站着三只羚羊，它们吃惊地看着这支闯入大漠深处的船队，然后敏捷地跳着消失了。我和奥尔得克站在船上，一直到前面再也看不到植物了，只有一望无际的沙漠。天空一片朦胧，河水与天空融成了一体。

"奥尔得克，你记得吗？三十四年前，我们就从这里走过，只是那时候这是一条干河，我们乘坐的是骆驼。"

"赫定老爷，我怎么会忘呢？就是因为跟随你工作，我才在那个刮风暴的晚上鬼使神差地到了楼兰。你离开罗布荒原以后，我相信你还会回来的，所以我没事有时候就一个人来这荒原里东找西找，我曾在一条小干河的边上，发现了一处有一千口棺材的小山！"

"一千口棺材？"这太让人惊讶了。

奥尔得克有些不好意思："当然没有那么多，我们罗布人习惯用一千来说很多。对了，就在前面不远的地方，河岸边应该有一座古墓。"

在河流拐弯的地方，有许多红黄色黏土的土堆，叫作迈塞。船队在这里靠了岸。奥尔得克上岸指点着方向，几个船工和队员越过坑坑洼洼的地面消失在苇丛中。一个队员兴奋地跑回来报告："那里确实有一个古墓！"

"陈，我们可以挖开来看看吗？"我征求他的意见。因为有了斯坦因这个在中国人心目中声名狼藉的盗墓贼，在这方面我必须十分谨慎。

陈宗器说："当然应该挖开来看看。"

古墓边上。一个队员在用仅有的一把铁锹挖着沙土，其他人都站在边上看着。

奥尔得克有些奇怪地问："赫定老爷，你们为什么又只带了一把铁锹？"

我解释道："我们和中国政府有协定，我们的工作是地理考察，而不是挖掘文物。十四个人只用一把铁锹，就不会被认为是要搞什么重大的挖掘了。"

陈宗器笑道："我们的目的不是考古，但是顺便进行一些考古方面的考察，我认为完全是合理的。"

我用指南针测定着方位，在笔记本上画了一幅四周的平面草图。当我再回到挖掘现场时，墓地边已经放了一些头骨、带四条腿的浅盘子、两张弓、三把梳子、一些黏土容器和有漆描图案的木瓮、小筐、纺锤、皮拖鞋、丝制小钱袋等物，最引人注目的是几片不同色彩的丝绸，上面的中国式装饰和刺绣使它们在这一堆东西中显得格外醒目。在我的想象中，这些丝绸穿在了一个美丽女子的身上，她正在两千年前的河岸上跳着柔曼的舞蹈。

挖掘在继续着，一个木制棺材呈现在我们面前。

陈宗器惊讶地："教授你看，这个棺材有明显的水域特点，这其实就是一个被截去首尾，在两端重新安上竖直横板的独木舟！"

"是啊，生时乘舟在河湖里航行，死了乘舟渡过冥河！"

棺材的盖板被掀开了，展现在眼前的是一块包裹尸体的毡子，打开毡子，轻轻地撩开了头部的包裹物，我们惊讶地看到躺在里面的竟是一个非常年轻的女子，她脸上的皮肤已硬得像羊皮纸，但形状和容貌并未随时间而改变。她闭着已经深陷的双眼，嘴角上似乎仍挂着微笑，在许多世纪后依然那么神秘和迷人。

陈宗器用照相机给她拍照。而我则拿起画笔和速写本为她画一幅速写肖像。她就这样被包裹着，在这宁静的小山上睡了大约两千年。直到很久很久以后，我们的到来才把她从长眠中唤醒。但她紧闭着嘴，不会向我们泄露以往的秘密，也不能向我们倾诉生命的变迁。当年繁华的楼兰古城那充满生机的绿色大地，春日泛舟湖上，这一切昔日的生活都已被她带入坟墓。她无疑见到过楼兰军队的战车和士兵，还有经过楼兰的大小商队带着昂贵的中国丝绸由此西去……

当年有水流过时，这里曾有着多么迷人的生活和文明啊！

做完考察工作之后，队员们把她小心地抬回棺材，放进墓穴，然后墓坑被细心地填好。我们这一群荒漠的旅人向这不知名的楼兰美女告别。

船又离岸了，离开了那年轻女人沉睡了许多世纪的地方继续向前驶去。不久后，终于来到了一片开阔的水面。河水泛着绿光缓缓地流着，清澈的水喝起来十分甘甜。四周频频出现茂密的芦苇，到处可见单个的大雅丹立在苇丛中。

龚继成在另一条船上喊着："这里应该设一个放牛羊的牧场！"

我回应着他："完全正确，芦苇在这里生长又枯萎，年复一年无人知晓，宝贵的水源在这里白白流过，无人问津。这一切本来应该带来人畜兴旺！"

5月18日早晨，我看到了一片独特的景色，孔雀河形成的三角洲的主流在这里注入了罗布泊。湖的最北部有一个朝东南的湖湾，那里鱼鸥在湖面上盘旋鸣叫着，似乎在抗议我们打破了水域的宁静——那是它们捕鱼的地方。

船队在平静的湖面上划行着。天空泛着青蓝色的光，湖水平滑得像一块玻璃。

多年来我一直梦想着在有生之年乘船去神奇的罗布泊，现在这梦已经成为现实，为此我真心感谢上帝的恩赐。在这里的湖面上我真感到如临仙境，这里从没有船来过，水面如镜，不远处只有几只野鸭在湖上玩耍，鱼鸥和其他水鸟警觉地飞着。在后面作为厨房的那条船上，奥尔得克和厨子正在煮着一锅鱼汤。约尔达斯闻到了鱼汤的香味，在甲板上兴奋地叫着。

船队从湖边进入一条河道，河道前方隐隐约约处，似乎可见楼兰古城的城堡和佛塔。

5月21日清晨醒来，一种奇妙的气氛笼罩着我。是啊，我们正朝楼兰古城驶去，那是1901年3月3日我幸运地发现的地方。这个历史上政治、战略和经济如此重要的古城，不知将会怎样欢迎我三十三年后的重新光临。

陈宗器在另一条船上说："教授，你看这条河并不很宽，它几乎是笔直地向楼兰城堡伸去，所以我猜想它可能是一条人工的运河，用来作为楼兰城与防御工事之间的水路联系。"

"你的这个猜想很有可能就是当年的情况。陈，罗布泊又回来了，你说，楼兰古城还有可能重新复活吗？"

我们在思考中陷入一片沉默，看着前方，只有桨声在水面上响着。

水面又渐渐开阔起来，我们终于来到了昔日的楼兰城下。

在夕阳的映照下，两千年前留下来的古建筑遗迹倒映在湖水中，使看到的人感觉到一种无法言说的庄严和美丽。

我坐在船边静静地看着这梦中无数次见到过的美景，两行泪水无声地从面颊上流下来。为了掩饰这泪水，我从湖里捧起水来洗脸。水从指缝中流下，我试图把手指并得紧一些，但水还是从双手的底端流下来。

就像从沙漏中流下的细沙。

我老了。

现在的我已经八十七岁，接近了生命的终点。

那些曾经有过的漫长旅途，都已留在了身后。

我在书房里坐着，面前的地图上放着两件玻璃器皿：

一只沙漏和一只杯子。

沙漏中的细沙在慢慢流动着；

而杯中的清水，因为刚被喝过一口放回去，也在微微地波动着。

我凝视着这两样东西，把一张纸摊开在这两样东西前面，我要给陈宗器写一封信。他现在已经在为一个新成立的共和国工作，在这个新的国家，我们的梦想会成为现实吗？

"亲爱的陈，我是多么怀念我们在一起工作的日子，尤其是在罗布泊，在那个漂泊的大湖之上，它给了我的心灵无比的愉悦。其实我自己，就是一个漂泊的湖。只要生命的河水还在流动，我就在沙漠里漂泊着，随着命运的指点，忽而这里，忽而那里。我的祖国是瑞典，这里森林茂密，田野丰饶。而我生命的故乡，却是在亚细亚的腹地，在大漠的深处，那一片神奇的大湖，和那个睡去了的古城楼兰……"

注1：

此文参考斯文·赫定著作《罗布泊探秘》《亚洲腹地探险八年》《游移的湖》等，选取与主题有关部分写成。

注2：

为了保持人物的连贯性，作者将奥尔得克的出场时间提前到了参加斯文·赫定1895年的第一次沙漠探险，仅此一点为虚构。除此以外的其他人物和事件均为历史真实。

（原载《中国作家》2007 年 6 月号）

森格里亚

我，埃舍尔，一个漂泊的荷兰人，版画家。

我的父亲曾希望我当一名建筑师。1919 年我二十一岁的时候，进了哈莱姆的建筑与装饰学校学习建筑，没过多久，我就因兴趣所致改学装饰艺术。但是我的一生，始终在建筑着，不是在大地上建筑实有的物体，而是在绘画的平面上建筑着种种不可能存在的幻象。这似乎是冥冥中的一种使命，我不能放弃它。

我的版画教授，葡萄牙的犹太人麦斯基塔在为我签署的学生鉴定中这样写着："他太刻苦、勤奋，文哲气太浓；缺乏情调和随意发挥行为，很难称得上一个艺术家。"他的评价前一条是极其准确的；后一条之所以不太准确（我后来毕竟还是成了一个艺术家），是因为他那时还不知道除了鲁本斯、伦勃朗那种艺术家之外，还有另一种类型，像我这种类型的艺术家。这种艺术家为数极少，但是存在着。我对老师的敬爱，并不因为他认为我不是一个艺术家而改变。他对我良好的素描和版画技巧是肯定的。在写下那个鉴定之后，他认为我应该出去闯自己的路了。

1922 年春天，我到意大利旅行了两周之后，就深深地爱上了这个地方，那里的建筑和风景混杂糅合了古希腊、古罗马和伊斯兰的风韵，就像是我意中的情人。我也的确在那里遇到了意中的情人——瑞士姑娘叶塔，并在那里结了婚。1935 年以前，我和家人在意大利生活得很愉快。每年春天，我都要和一些画家朋友外出旅行写生，去阿普鲁森山区或康帕尼，去西西里、科西嘉或马耳他，这些朋友都是我在罗马居住的时候认识的。四月来临，我们出发，坐火车，坐船，更多的时候是背着旅行袋步行。地中海沿岸气候舒适宜人，但两个月后当我们回家时，却一个个瘦骨嶙峋，如同乞丐。随同我们一起回来的，是数百张素描写生稿。写生素描都是记录生活中我认为美好的东西，从中再挑选精致的进行创作。

旅行往往是浪漫的。一个五月的下午，灼热的阳光烘烤着大地，我们背着沉重的行囊疲惫地走进一个小客栈，里面是一个暗而凉快的大房间，一群苍蝇在散发着葡萄酒味的空气中醉醺醺地飞舞。也许是外国人的棕色头发和奇形怪状的背包引起了他们对陌生人的反感和怀疑，客栈中的人全都以背朝向我们，对我们又饥又渴的情状无动于衷。这时，罗伯特·希斯从套子里取出他的齐特尔琴弹了起来，开头弹得很轻，像是在为自己演奏，而他仿佛深深地沉浸于音乐之中。琴声渐渐响了起来，我们看看他，又看看四周的本地人，发现敌意的围墙正在坍塌。先是啪嗒一声，有人搬凳子，一张脸转了过来，然后是第二张，第三张。老板娘也迟迟疑疑地挪动脚步走进来，张开嘴出神地听着，一手叉在腰上，另一只手却下意识地试图把裙子的褶皱拉平一点。希斯弹完一曲抬起头来，围着他的一圈人全都热烈地鼓起掌来，僵硬化成了温暖，于是酒来了，问候来了，食物也来了。我忘不了那奇妙的琴声。还有一次展现齐特尔琴的魅力是在墨里托火车站，发车的时间已经到了，希斯却弹起了齐特尔琴，这一弹不要紧，结果乘客、司机、包括车站站长全都不顾一切地随着琴声跳起了舞，没有人在意火车是否已经误了点。齐特尔琴的魅力成了人与人之间最好的一种沟通形式，甚至完全超过了雄辩家的口才。在迷人的音乐面前，画家该如何展示自己的魅力呢？

但是旅行并不总是浪漫的，当我们到达那个有五根巨指般的岩石拔地而起的穷村子彭特达提诺时，有一位老妇人前来请我们这些旅行家为村里人带话给已经在意大利掌权的墨索里尼："你们若见到他就告诉他，我们很穷，没有一眼泉水，也没有土地能埋葬我们的死者。"我们无法带话给墨索里尼，但是墨索里尼已经通过强大的宣传机器把他要说的话带给了我们，1935年意大利的政治气候已经变得使人无法忍受了。我对政治不感兴趣，我反对盲目的信仰崇拜，对虚假伪善疾恶如仇，要我用艺术家的手法去传达别人的政治意志是我不能做的。当我九岁的大儿子在学校被迫穿上法西斯青年制服时，我决定带着全家离开意大利。

在离开意大利之前，我曾乘货轮到过一次西西里南边，处于地中海中心位置上的那个袖珍的岛国马耳他。正是在那里，我碰到了我一生中的第二个情人——这次相遇对我的一生至关重要。

马耳他，面积只有三百一十六平方公里，人口不过三十万。岛上高处是珊瑚石灰岩台地，周围是青灰黏土坡。岛的西岸崖壁陡峭，东岸由于斯谢比纳斯山伸入海中，两侧形成马尔萨姆谢特湾和格兰德港，正因为如此它才在航海者的眼里有了价值。这个像我的性格一样孤独的小岛一年之中轮流受着强劲的西北冷风、东北干风和湿热的东南风的吹拂，它的气候是好的，冬季短而温凉多雨，夏季干旱炎热，秋季温暖湿润，完全无霜、无雪，甚至连雾也没有。这些都是我在地理书上得到的知识。这个小小的岛国实在太小，以至于没有足够的地方容纳河流和湖泊。连河与湖都没有的这个国度里还能有些什么呢？有的只是那一点漂浮于地中海上的弹丸之地，在大比例的地图上完全可以忽略不计。我之所以去那里，完全是因为客随船便，货船需要靠港卸货、装货，货装完了就起锚出发，停留不过一天而已。那本来应该是极其普通的一天，一个旅行者的生涯中一次漫不经心的停留。在我七十四年的生命中有过数万个一天，但唯独那一天以非常的姿态从时间凸现了出来；并且我生命中的某一部分随着停泊的船锚抛落以后，就永远地留在了那里，再也没有收回来。

当我被锚链落下的震动惊醒，打开舷窗向外望去时，非常意外的，我在我看见的情景面前感到了一种强烈的眩晕，那是一种被幸福感所征服的，不可言说的，灵魂被摄去的感觉。这种感觉在此之前只发生过一次，那就是在意大利拉维洛的小客栈里下楼梯时，第一次遇见叶塔。那时候叶塔是一位如花怒放的少女，每一朵花在开放的过程中都只有一个绝美的刹那，那个刹那恰好被我在下楼梯时看到了。而每一个艺术家的一生都会相逢一个只在特定的时刻、只向特定的他展示出美的真谛的所在，与我相逢的这个地方就是坐落在法国湾和船舶修造厂湾之间狭小半岛上，与首都瓦莱塔隔港相望的那座海滨小城。这座小城是用层层叠叠的石头建筑于层层叠叠的石头之上的。马耳他岛上缺乏矿物资源，仅有石灰石可以用作建筑材料，而石头，恰是这个岛上最动人的东西。我走上甲板，船长告诉了我它的名字，她叫森格里亚。

那一天我在森格里亚干了些什么？我下船，我站在岸边的城堡上凝视着她的美，她的美似乎只为我一个人存在，对其他的居民和过客来说，那不过是极普通的生活场景，丝毫也用不着神魂颠倒。我注意到这座小城就像是一只船，海边的城堡是船艏与船舷，半山上的建筑是甲板之上的船楼，而几个飘着旗帜的圆拱形塔楼就是船上的桅尖。这艘船在空间中停泊着，却在时间中行驶；短短的一天，它便带我驶过了生命中的许多年头。我走进了她的怀抱，那些石砌的狭街小巷，那些用石头建造起来的密密层层的房屋于重叠中显示出某种秩序和韵律，每一个门窗都对我散发出女人肌肤般的温馨，就如同我把脸贴在叶塔的肩窝上闻到的那样。这些房屋互相之间亲密得就像是一个整体，它们确实也就是一个整体，像一座宫殿；因为岛上有限的空间，每一座房屋都和别的房屋紧紧贴挨着，每一座房屋其实都是这座城市宫殿的一个部分。有一组带凉台的房屋特别引起了我的注意，一共有五层，最下面的一个凉台的外面就是海边的石岸，而最上面的那个凉台上面，经过层叠起伏的屋顶的过渡，最后到达一个六棱形的圆顶塔楼。当我凝视这组凉台的时候，第五层凉台的百叶门打开了，从里面传出迷人的齐特尔琴声的声音，从那流淌出音乐的门洞的暗影中，先是出现了一株绿色的观叶植物，像是大麻，不仅是因为叶子的形状，还因为它在那一刻出现所具有的迷幻般的感觉。那迷幻更加诱人了，在绿叶的下方出现的是一张少女的脸，那不是能用漂亮这个词来描绘的，她只在把那棵植物端到凉台上来的那一刻翩然出现又稍纵即逝，给你留下无尽的回味。琴声停了，少女消失了，凉台上只有那株绿色植物的叶片在地中海的晨风中婆娑舞蹈。那一个瞬间的不可言喻的美让我惊讶。经常惊讶的人是幼稚的，但我老是惊讶，惊讶是大地的食盐。而这一粒盐的晶体是如此动人，胜过所有王冠上的钻石。

半天的时间在于小城的徜徉间度过了，剩下的半天，我用来写生。我选择了一个合适的视角，在画面上收进了轮船的船艏，船艏般的城堡和远处层层叠叠从海边砌向山坡的平民的宫殿，宫殿的最高处就是那个六棱形的圆顶塔楼。那个凉台已被画面上密密麻麻的房屋和窗洞淹没了，但我知道它在那里，就在那个塔楼之下，凉台上的百叶门正诗意无比地洞开着，里面有琴声涌出，少女显现，凉台上那盆植物纤细的腰肢上，嫩绿色的叶片正在风中招展。

一切都如一场梦幻。如果没有这张写生稿，我怎么能证明我到过马耳他，在那极不真实的一天里，我相逢了我的情人森格里亚。

其实这张写生稿又能证实什么？我一向认为素描是幻觉。它虽然只有平面，但能表现立体；它是在现实世界中画出来的，却能显示出在这个世界上并不存在的东西。只要你画，幻觉就难于避免。你不能用一个幻觉去证实另一个幻觉。很多年以后，我画了一幅石版画《画画的双手》：一只手握着铅笔在画着另一只手的素描，笔尖下只是衬衣袖口简单的线条，但是从袖口里伸出来的手却越来越细致真实，它伸出纸的平面，那就是一只真正的手；那只手也同样握着铅笔在画，画的是正在画它的这只手。两只手都是幻觉，谁也无法证实对方。

离开意大利，我们搬到了叶塔的家乡瑞士，在那里的于克斯城住了一年多。瑞士没有法西斯的空气，但是也没有地中海温暖而湿润的风，这里的风景激不起我的灵感，到处是白茫茫一片的雪地。我虽然也创作过瑞士雪景的石版画，但我内心深处和这环境格格不入。这里的群山像一大堆毫无表情、毫无生命的大石头。这里的建筑太规则，到处像卫生所一样干净，缺乏对想象力的刺激。一切都与南意大利地中海沿岸的自然风光相去太远，这里没有海。而我思念大海到了着魔的程度。一天夜里我已入睡，却被一阵哗哗的水声惊醒，我以为那是海潮，是海水涌到了我身边，后来才知道那是叶塔在洗头发时弄出来的声响。这更加激起了我对大海的向往，对于一个孤僻的局外人来说，还有什么比大海更富有魅力呢？小船的前甲板，欢跃的鱼儿，漂浮在大海上空的云朵，海浪嬉戏追逐，海上气象的骤变，那一切都令我陶醉。第二天，我便给康帕尼的一个专门为地中海上的货轮组织少数游客的协会写信，我给这个协会提了一个建议：我，版画家埃舍尔，与妻子在地中海上旅行一圈，用旅行中所创作的版画来支付旅行费用。版画共四幅，每幅印十二张，一共四十八张。这个离奇的建议竟被接受了！这个协会中没有人认识我，或许是因为其中有谁对版画怀有特殊的兴趣。

就这样，我又开始了地中海上的旅行。我从意大利逃到瑞士是为了避开那里日渐浓郁的法西斯空气；而从瑞士逃出则是为了呼吸地中海上温湿的海风。1936 年 6 月，在初次相逢一年多之后，我又随着货轮来到了马耳他，仍然只有一天，与我永恒的情人再次相遇。货轮停靠在森格里亚对面的码头上，我不能走进小城去扣访那个梦中的凉台，只能隔着一道港湾重绘旧景。虽然换了一个视角，画面上依然有载我而来的轮船，依然是船艏般的城堡，层层叠叠的建筑，密密麻麻的房屋。这个小城使我情有独钟，一定有什么地方特别迷人，一定有！但是我却说不出来。是那个凉台吗？因为距离太远，我无法把它从众多的房屋和窗洞中分辨出来，但我知道它就在那里，从海边的石岸向上数第五层，在那个高耸与宫殿之上的圆拱形塔楼的下面。凉台上的百叶门诗意地洞开着，里面有音乐涌出，少女显现，盆栽植物那纤细的腰肢上，嫩绿色的叶片正在风中婆娑起舞。

哦，迷人的森格里亚，第一次，我意外地亲近了你的肌肤；第二次，我只能远远地眺望你的容貌。我们还会有第三次相逢吗？此时的我，依然无法明确地表述出你所蕴含着的那种美，但是我明白，一粒奇妙的种子已经在我的生命中着床，在我的画中，有一种神奇的东西已开始出现。在以后的岁月中，我将一次又一次地走近你，而你也将一次又一次地在前方等着我。

那次地中海之行后的 1937 年到 1945 年，是我绘画的变形转化时期。画于 1937 年的《变形转化 I》，画面上是一个森格里亚风格的小城市中的房屋，通过走向立体的变形，最后变成了一个东方小人的变形转化过程。1938 年我画了《大气与水》，在画面上，大气与海水互相融合着，鱼向上升腾变成了鸟；鸟向下沉降变成了鱼。我把这幅象征着与过去的画作有了质的改变的作品送给了我的老师麦斯基塔，他把它挂在自家的门上。他的一位来访的朋友见了大为赞赏，激动地对他说："沙缪，这是我所看到你的作品中最出色的一幅！"老师后来平静地对我讲述了这件事，作为对我的奖赏。我这一时期的代表作应该是《昼与夜》：昼与夜互相融合又互相间离着；方形的田块向上延伸变成了鸟群；鸟群分为黑白两色；黑夜的群鸟飞进了白昼而白昼的鸟群飞进了黑夜。在相逢中融合，在间离中思念，这一切都是因为有了在地中海上与森格里亚邂逅的那两天。

在初次相逢的十年以后，当我要创作一幅重要作品时，我想起了森格里亚，想起了那时候说不清楚的那种特别迷人的东西。穿过十年的时光，越过陆地和海洋，我又看见了那个凉台，百叶门诗意地洞开，音乐涌出，少女显现，绿叶在风中舞蹈。在这种洞见中，那个凉台顿时就从那座小城背景上层层叠叠密密麻麻的房屋中凸现了出来，那些石头都变成了活的肌体，某一块肌肉中充满了热烈的血液，它就会温暖地膨胀起来。于是那个凉台占满了我的心胸，因而也占满了画面的中央。就这样，《凉台》，一幅杰作诞生了。在它被画出来的时候，我的老师麦斯基塔和他的家人已经死于纳粹的集中营里。在我找到的一幅老师的遗作上面，留有德国兵铁钉靴子的脚印。而地中海中央马耳他岛上的那座美丽绝伦的港口小城森格里亚，也在战争中几乎被炸为平地。

《凉台》产生之后的 1946 年到 1956 年，是我的画在透视学上的探索时期。在 1946 年创作的《另一个世界》中，我把天点、地点和遁点集中成了画面中心的那一个点。你既是在高空俯瞰大地，又是从地面仰望天庭，同时你的目光还是沿着一条平直的长廊，一直消逝于地平线的尽头。当然，更为恰当的代表作应该是《上与下》，依然是在森格里亚小城中可以见到的那种风格的建筑，但富有意味的是：一座拱形建筑的天花板，同时又是另一座拱形建筑的地面砖。上和下都成了一个相对存在的遁点。但是在创作这一时期最成功最富有表现力的作品时，受灵感的指引我又一次借助了当年在森格里亚画的素描写生。这幅作品就是《画廊》：

依然是森格里亚式的海滨房屋，画面的左下角是一个画廊的入口，在入口处，一个青年正在出神地看画，他在看着的这幅画，是海滨小城的风景，画的最下部是一艘船，左上方是沿岸层层叠叠的房屋，目光沿着这些房屋右移，房屋绵延开来，到最右面时是一幢角楼，而角楼临街的屋檐下正是这个画廊，在画廊的入口处，那个青年人正在出神地看画……整个画面是一种奇特的幻觉。那幅画挂在画廊里，画廊又在那幅画里；青年人在画廊里看画，青年人又在画廊的画里。

又是十年过去了，森格里亚再次把她神秘的美展现在了我的前方。生命就像血液，流出心脏又流入心脏。当我们活着时，我们是在世界肌体的血管里循环；在我们没有出生之前和当我们死后，我们又回到了宇宙那无形的心脏里。在这幅画里有一种回旋往复的东西，我的生命注定了将一次又一次地与森格里亚相遇。

在《画廊》以后的岁月里，我的画又开始向无止境的画境推进。但是我最珍爱的一幅作品还是那个画廊，那是我的思维和塑造形式最外在的界限。但是这幅画并不是无可挑剔的，如果仔细地读它，你就会发现画面中心的那个不好处理的空洞，我只能在那里写下年份、名字和作品号，那是上帝留下的破绽，我无力填补。人们追求完美，却永不可及，艺术也需要一个遁点。

又一个十年过去了，1957年，我又在地中海的一条货船上待了六个半星期，希望能再次与森格里亚相逢。但是没有能够，这条船不去马耳他。但是无论如何，坐船在地中海上航行是我的理想，这艘理想的老货轮竟有一个相应的名字"月亮号"。月亮象征着平淡无奇，大部分人都这样认为。没有人为它悬挂在天空而感到吃惊，一块大圆盘挂在那儿，满月时街上或许亮些，月缺时就连一盏街灯都顶不上。然而列奥那多·达·芬奇曾这样描写过月亮："结实、沉重的月亮，呵，月亮!"结实、沉重，他用这几个词就是要表达一种令人气促的惊讶，它传染给我们，当我们注视月亮时，我们便会感到这个大得令人生畏的圆球竟在空中浮着。我借了船长的望远镜看月亮，从镜筒中看去，月面上凸凹不平的石头给我的撞击，就像当年从舷窗中第一眼看见森格里亚。石头是它上面最温柔的东西。"月亮号"载着我这个意志薄弱者越过马尔马拉到达古城拜占庭。这座昔日的世界之城有一百五十万人口，像蚂蚁似的在城市里涌动着。沿海有很多拜占庭式的小教堂在椰子树的掩映下享受着龙舌兰的芬芳……那种情景真是迷人。但是在我心中更迷人的地方，是那个全是用石头砌成，只在某个凉台上才能看到一棵观叶植物的马耳他小城森格里亚。

也许我与同代画家们追求的根本就不是一个目标。他们着力表现的是欲望和情感，而我感兴趣的是理念。理念中并不是没有温馨的东西，在我的理念世界里有一个最温馨的地方，就是漂浮于地中海中心的那个极小的岛国上的那个极小的小城，那个全部用温柔的石头砌起来的宫殿与城堡。

有一位喜欢我的画的人从美国寄来一封信："埃舍尔先生，谢谢你的存在！"

我也要说："谢谢你的存在，森格里亚！在这个实有的世界之外，在那另一片海洋之上，我想我们还会再次相逢。"

（本作品以荷兰画家 M. C. 埃舍尔的经历和作品为依据而写成）

（原载《雨花》2001 年 4 月号）

图书在版编目（CIP）数据

热山／邓海南著. — 北京：中国文史出版社，
2019.3

（中国专业作家小说典藏文库·邓海南卷）

ISBN 978 - 7 - 5205 - 0987 - 9

Ⅰ. ①热… Ⅱ. ①邓… Ⅲ. ①中篇小说 - 小说集 - 中
国 - 当代②短篇小说 - 小说集 - 中国 - 当代 Ⅳ.
①I247.7

中国版本图书馆 CIP 数据核字（2018）第 285580 号

责任编辑：蔡晓欧　薛未未

出版发行：**中国文史出版社**

社　　址：北京市海淀区西八里庄 69 号院　邮编：100142

电　　话：010 - 81136606　81136602　81136603（发行部）

传　　真：010 - 81136655

印　　装：廊坊市海涛印刷有限公司

经　　销：全国新华书店

开　　本：720 × 1020　1/16

印　　张：13.75　　　字数：177 千字

版　　次：2019 年 3 月第 1 版

印　　次：2019 年 3 月第 1 次印刷

定　　价：49.80 元